# 전봉준-지지 않는 녹두꽃

**서연비람**은 조선 시대 왕궁 내, 강론의 자리였던 서연(書筵)에서 강관(講官)이 왕세자에게 가르치던 경전의 요지를 수집하여 기록한 책(비람備覽)을 말합니다. 서연비람 출판사는 민주주의 국가의 주인인 시민들 역시 지속 가능한 과거와 현재, 미래의 이치를 깨우치고 체현해야 한다는 믿음으로 엄선한 도서를 발간합니다.

역사와 문학 비람북스 인물 시리즈

# 전봉준-지지 않는 녹두꽃

초판 1쇄 2021년 11월 30일
지은이 송재찬
편집주간 김종성
편집장 이상기
펴낸이 이은아
펴낸곳 서연비람
등록 2016년 6월 29일 제 2016-000147호
주소 서울시 강남구 도곡로 422, 5층
전자주소 birambooks@daum.net

ⓒ 송재찬 2021, Printed in Korea.

ISBN 979-11-89171-33-9 44810
ISBN 979-11-89171-26-1 (세트)

값 9,800원

역사와 문학

비람북스 인물 시리즈

지지 않는 녹두꽃

# 전봉준

송재찬 지음

서연비람

# 차례

# 머리말

전봉준, 하면 먼저 동학농민혁명과 전래민요 '새야 새야 파랑새야'가 떠오른다. 그는 1855년 반상의 차별이 엄격했던 시대에 태어나 1895년 41살의 젊은 나이에 교수형으로 숨진 동학농민군 최고지도자이다. 상놈이라 불리던 서민들의 인간다운 삶과 인간 평등, 지배 세력의 부정부패 척결을 부르짖으며 민중의 힘을 집결시켰다. 당시 지배 세력의 착취로 일반 백성의 삶은 도탄에 빠져있었지만 지배계급층, 사람들은 아무도 눈여겨보지 않았고 자신들의 영달에만 눈이 멀어있었다.

1893년 3월 금구 집회에 앞장선 것을 시작으로 전봉준은 그해 11월, 고부군수 조병갑의 탐학에 맞서 사발통문 거사계획을 수립하고 1894년 1월 동학농민군을 이끌고 고부에서 봉기하였다. 전봉준이 이끄는 동학농민군은 황토현 전투와 황룡 전투에서 대승을 거둔 후 전주까지 어렵지 않게 점령한다.

위기를 느낀 조정은 청나라에 동학농민군을 물리쳐줄 파병을 요청했고 그것을 빌미로 일본군까지 들어오면서 청일전쟁이 일어나고 만다. 청나라에 승리한 일본은 조선 침략 의도가 숨기지 않은 채 압박해 오자 동학농민군은 외세로부터 나라를 구하고자 삼례에서 다시 힘을 모아 한양으로 향한다.

나라의 힘 있는 자들과 유생들은 일본이란 큰 적보다 신분제도를 부정하는 동학농민군을 물리치기에 급급했다. 나라를 지키는 관군은 왜적과 한패가 되어 동학농민군과 맞선다.

동학농민군은 공주 우금치 전투에서 일본군 및 관군에 의해 대패하고 만다. 신식무기의 무장한 일본군과 관군을 대항하기는 역부족이었다. 일본과 관군에 쫓기던 전봉준은 순창 피노리로 숨어들었다가 부하 김경천의 밀고로 체포되어 이듬해 3월 29일 처형되었다.


전봉준은 가난한 집에서 태어나 궁색하게 살았지만, 민중들의 선한 의지를 모아 세상을 바꾸어 나가려 했다. 인내천 사상을 앞세운 동학의 힘은 전봉준에게 구원군처럼 다가왔고 마침내 동학농민혁명이란 우리 역사상 최초의 전국

적 규모의 봉기에 앞장서게 된다.

　지배 세력의 억압을 당연하게 받아들였던 시대에, 세상을 바꾸어 보겠다는 남다른 의지는 어디에서 온 것일까. 이웃의 아픔을 나의 아픔으로 받아들였던 전봉준의 인간애와 백성을 돌보지 않는 지배 세력에 대한 안타까움과 원망이 새로운 생각, 변혁의 싹이 되었고 그 생각을 민중들과 함께 가꾸어 나갔던 게 전봉준의 위대함이 아닐까.

　가난한 집에 태어났지만 그만한 지식과 배포였다면 얼마든지 편안하고 안락한 삶을 살 수 있는 기회가 있었을 것이다. 그러나 그는 안락한 삶보다 백성과 함께하는 가시밭길을 택했다.

　조선 정부의 잘못된 판단은 청일 전쟁의 빌미를 제공했고 끝내는 일본의 힘으로 동학 농민군을 압제하며 우리 역사에 암흑기를 불러들인다. 척왜를 외쳐 동학을 눈엣가시로 여긴 일본군 못지않고 동학을 역적 취급했던 지배 세력의 안일한 인식은 두고두고 안타까운 대목이다. 동학농민군과 힘을 합쳐 조선을 바르게 세울 수는 없었을까.

　전봉준은 자신이나 가족들을 위해서는 조금도 힘을 쓰지 않고 오직 이 나라 백성과 나라의 미래만을 걱정하다 젊은 나이에 세상을 떠났다.

그러나 그가 남긴 정신은 우리의 마음속에 지금도 생생히 살아 숨 쉬고 있으며 부정부패와 외세 척결을 위해 힘을 모았던 민초들의 항쟁은 위대한 역사로 남았다. 자신의 영달을 위해 변절의 길을 가지 않고 곧은길, 백성과 나라를 위해 끝까지 투쟁했기 때문에 얻은 값진 유산이 아닐 수 없다.

2021년 11월
송재찬

# 1. 작지만 당찬 아이 녹두

전라북도 고창읍 덕정면 주림리 당촌 마을. 당촌은 20여 집이 모여 사는 천안 전씨 집성촌이다. 전씨들은 대개 가난하게 살았다. 열심히 농사를 지어 봐야 세미1니 공물2이니 군포3니 해서 나라에서 걷어가 버리면 입에 풀칠하기도 힘겨울 정도였다. 아끼고 아껴 먹어도 식량이 떨어지는 보릿고개가 되면 굶주린 사람들의 누런 얼굴을 이 집 저 집에서 볼 수 있었다.

당촌 건너편 마을은 도산리다. 당촌보다 훨씬 큰 마을로 80여 집이나 된다. 당촌과 달리 이 마을에는 양반이라는 안동 김씨와 청풍 김씨들이 온갖 유세를 다 떨며 풍족하게 살았다. 두 마을 사람들은 사이가 좋지 않았다. 조상들 덕에 부자로 사는 도산리 사람들은 가난한 당촌 전씨들을 하

---

1 세미 : 쌀로 내는 세금.
2 공물 : 관가에 내는 특산물.
3 군포 : 병역을 면제하여 주는 대신으로 받아들이던 베.

찮게 여겼다. 두 마을 사이가 이러니 그 감정이 아이들에게 까지 흘러들어 당촌 아이들과 도산리 아이들도 주고받는 눈길이 곱지 않았다.

당촌 아이들이 냇가 소나무 아래로 모여들었다. 지난가을 가뭄으로 내는 말라 있었다. 어제 정월 대보름 쥐불놀이를 늦게까지 했지만, 아이들 얼굴에선 피곤한 기색을 찾을 수 없었다. 찬바람이 소나무 가지를 흔들며 지나가는데도 아무도 춥다고 하지 않았다. 중요한 의식이라도 치를 것처럼 아이들의 얼굴엔 뭔가 비장한 긴장이 서려 있었다. 당촌의 아이들이 다 모였는지 꽤 많은 아이들이었다.

"자, 빨리 돌멩이 주워서 주머니 채워. 다 한 사람은 다른 사람 것도 주워 주고. 도산리 아이들도 지금쯤 돌을 줍고 있을 거야."

한 아이가 명령하듯 아이들에게 말했다. 작지만 다부진 몸매, 야무진 얼굴을 한 아이였다. 이미 주머니 가득 잔돌을 채운 아이들도 다시 냇가의 잔돌을 더 주워 아직 주머니를 채우지 못한 아이들 주머니를 채워 주고 있었다.

"녹두야, 저놈들이 나타났어."

아까부터 개울 저편을 눈여겨보던 아이가 다급하게 소리쳤다.

"준비!"

녹두라고 불리는 키 작은 아이가 소리쳤을 때 개울 건너 저쪽에서도 함성이 터져 나왔다. 도산리 아이들이었다. 도산리 아이들은 당촌 아이들보다 훨씬 많았다. 그 함성과 함께 도산리 아이들의 돌이 먼저 날아들었다.

"돌격! 물러서지 마라! 돌격!"

키 작은 대장 아이 녹두가 소리치자 당촌 아이들은 약속한 듯이 '돌격!'을 복창하며 달려 나갔다. 도산리 아이들도 돌을 던지며 달려 나왔다. 두 진영에서 날아오른 잔돌들이 하늘을 뒤덮었다.

"앗!"

"아얏!"

날아오는 돌을 피하며 돌을 던지는 아이들. 두 패의 거리는 점점 좁혀지고 있었다. 수적으로 불리한 당촌 아이들이 주춤주춤 뒤로 밀리기 시작할 때였다.

녹두가 주머니에서 잔돌을 꺼내 상대편을 향해 던졌다. 녹두의 돌팔매는 예리하고 정확했다. 그가 노린 것은 상대편 대장이었다. 작은 손에서 날아간 돌이 정확하게 상대편

대장 아이의 오른쪽 어깨를 때리며 떨어졌다. 냇가의 작은 돌이었지만 던지는 아이의 매운 손맛 때문인지 대장 아이는 그 자리에 주저앉았다.

상대 대장이 주저앉는 모습이 당촌 아이들 눈에 비쳤다. 상대편 아이들이 동요하는 게 보였고 주춤주춤 물러서기 시작했다. 도산리 아이들은 이미 전의를 상실한 듯했다.

"한 놈도 놓치지 마라!"

녹두가 우렁차게 소리쳤다. 뒤로 물러나던 당촌 아이들은 물이 없는 내를 건너뛰며 돌진했다. 도산리 아이들은 걸음아 날 살려라, 하며 꽁무니를 빼기 시작했다. 완벽한 승리였다.

당촌 아이들의 승리로 끝났지만, 양쪽 마을 아이들은 많이 다쳤다. 이마와 머리에 피를 흘린 아이도 여럿이었다. 다리를 절뚝거리는 아이도 보였다.

당촌과 도산리 아이들이 정초에 벌이는 이 돌팔매질 싸움이 석전(石戰) 놀이이다. 돌을 던지며 하는 돌싸움 놀이이기 때문에 때로는 심하게 다치기도 했지만, 어느 편에서도 서로를 탓하지 않았다. 어른들도 어린 시절, 그렇게 하며 어른이 된 것이다. 한 해를 무사히 넘기기 위한 정초의 액땜 정도로 여겼다.

"이번 싸움은 녹두 형 때문에 이겼어."

"내가 뭘. 우리 모두가 힘을 합친 덕분이지."

키가 크지만 허약한 체질의 돌쇠가 집으로 돌아가며 녹두에게 말했다.

"아냐. 형이 저쪽 대장을 주저앉혔잖아. 하마터면 우리가 질 뻔했어. 형, 잘 가!"

"어, 돌쇠야 잘 가."

돌쇠가 다리를 절뚝거리며 손을 흔들었다. 돌쇠가 먼저 집으로 들어가는 것을 확인한 다음에야 녹두는 손을 뻗어 등 뒤를 눌렀다. 낮은 신음이 녹두 입에서 흘러나왔다. 도산리 아이들이 후퇴하며 던진 돌이, 돌아서며 소리치던 녹두의 등 위를 때린 것이다. 아픔을 참고 끝까지 돌을 던진 녹두였다.

작은 키지만 다부지고 눈빛이 형형한4 이 아이가 바로 전봉준이다. 피부가 하얗고 다부졌지만 유독 작은 키 때문에 언제부터인가 명숙이란 본명보다 녹두라는 별명으로 불렸다. 콩과 식물 중에서도 작은 열매를 맺는 녹두. 당촌

---

4 형형하다 : 반짝반짝 빛나면서 밝다.

사람들은 녹두, 하면 당차고 담력이 센 키 작은 아이를 떠올렸다.

어린 시절, 전명숙이었던 녹두는 자라며 전봉준이란 이름으로 불렸지만, 녹두는 여전히 그를 따라다녔다. 명숙이보다 전봉준보다 사람들에겐 녹두가 더 입에 익은 이름이었다.

# 2. 흔들리는 나라 울부짖는 백성

  훗날 녹두 장군으로 불린 전봉준은 1855년 당촌의 초가에서 몰락한 양반의 아들로 태어났다. 당촌 어느 집이나 사정은 비슷해서 봉준의 집도 굶는 날이 많을 정도로 살림이 어려웠다. 봉준의 아버지 전창혁은 농사도 짓고 서당을 차려 아이들도 가르쳤다. 땅이 거의 없는 전창혁은 서당을 열고 훈장 노릇을 했지만, 수입은 변변치 않았다. 수업료를 달마다 받는 게 아니고 일 년에 한 번 가을 추수 때 곡식으로 받았다. 배우는 학동들 역시 넉넉한 집 아이들이 아니었기 때문에 살림은 늘 어려웠다. 게다가 마을에서 흔치 않은 글을 읽고 쓸 줄 아는 사람이어서 이런저런 마을 일을 돌보느라 늘 바쁘게 움직였다. 침을 놓을 줄 알았고 한약도 지을 줄 알았기 때문에 할 수 있는 일은 어떤 일도 마다하지 않고 성실히 해냈다.

  녹두는 다섯 살 때 아버지에게서 글을 배우기 시작했는데 키가 작았지만 놀라운 집중력과 끈기로 이내 아이들 사이에 화제의 인물로 떠올랐다. 아버지 전창혁은 그런 아들을 말없이 지켜볼 뿐 아들 자랑을 입에 올리지 않았지만, 아이들 입을 통해 부형1들까지 알게 되었다.

"녹두 그놈 보통내기가 아녀. 다른 아이들보다 천자문을 일찍 떼어 책잔치2를 하더니 벌써 동몽선습3을 한다잖아."

"그러게 우리 돌쇠가 힘이 약해 아이들이 놀리니까, 돌쇠 편을 들어주었는데 여간 당차지 않대요."

"모르는 글자가 나오면 그냥 지나가는 법이 없답디다."

"저 아버지 닮아서 글깨나 하겠어."

"제가 보기엔 전 훈장보다 더 뛰어난 사람이 되겠습디다. 보통 야문 게 아니에요. 녹두 중의 녹두예요."

당촌 사람들은 녹두 이야기가 나오면 침을 튀기며 칭찬했고 자기 아이가 글을 제대로 못 읽고 게으름을 피우면 '에구 이 머저리. 녹두의 반만 닮아라.' 하며 핀잔주기도 했다.

---

1 부형 : 아버지와 형을 아울러 이르는 말. 학교에서, 학생의 보호자를 이르는 말.
2 책잔치 : 책거리. 책 한 권을 다 끝내고 선생과 동료에게 음식을 차려 대접하는 일.
3 동몽선습 : 조선 중종 때에 박세무(朴世茂)가 쓴 어린이 학습서. 오륜(五倫)의 요의(要義)를 간결하게 서술하고, 중국과 조선의 역대 세계(世系)와 개략적인 역사를 덧붙였다. 『천자문』을 익힌 어린이들이 『소학』을 배우기 전에 공부하는 교과서로 널리 사용하였으며, 덕행의 함양에 많은 도움이 되었다. 1권 1책의 목판본.

글공부를 잘한다고 어른들이 칭찬했지만, 녹두는 공부만 하는 샌님이 아니었다. 틈만 나면 아이들과 어울려 마을 구석구석을 쏘다니며 놀았고 옆 마을인 매산리 고인돌 사이에서 전쟁놀이를 했다.

전봉준은 살길을 찾아 이리저리 이사하는 아버지를 따라 옮겨 다니며 살았다. 금구 원평의 황새마을, 태인의 동곡리, 지금실 등을 옮겨 다니며 사는 동안 봉준은 세상 사람들이 얼마나 힘겹게 사는지를 두 눈으로 확인했다. 봉준네처럼 아니, 봉준네보다 더 어렵게 사는 사람들이 사방에 널려 있었다.

지금실로 이사 올 즈음에 전봉준은 어엿한 청년이 되어 어른다운 풍모를 갖추기 시작했다. 지금실은 도강 김씨들이 사는 집성촌이었는데 거기서 봉준은 자신과 비슷한 사람을 만났다. 봉준처럼 키가 작지만 야무지고 포부가 큰 청년 개똥이를 만난 것이다.

"개똥아!"

"녹두야!"

"야, 너 언제까지 나를 개똥 취급할 거야?"

어느 날 원평 장터 국밥집에서 만난 개똥이 불멘소리로 말했다.

지금실 마을에서 만난 개똥이는 김기범이다. 훗날 김개남으로 이름을 바꾼 개똥이는 전봉준보다 살기가 넉넉한 자영농 지주의 아들이었지만 전봉준과 뜻을 같이하며 어려운 길을 함께 걷게 된다.

코밑이 거뭇해질 무렵 전봉준도 여느 청년들처럼 혼례를 치렀다. 색시는 여산 송씨 송두옥의 딸. 아내를 맞고 자식이 생겨 더 부지런히 움직여야 했다. 아버지에게 있는 재산은 논 서너 마지기가 전부였다. 거기서 나온 쌀을 전부 차지할 수 있다면 어찌 살기가 나을 텐데 관가에서 이런저런 구실을 붙이며 싹싹 걷어 갔다. 두서너 달 먹을 양식밖에 남아 있지 않아서 늘 배를 곯고 살아야 했다.

전봉준은 아버지에게 배운 대로 남의 집 좋은 집터나 묏자리를 찾아주는 풍수 일을 하거나 아픈 사람들도 치료해주며 입에 풀칠했다. 이웃 사람들의 사는 모습 역시 전봉준네와 크게 다르지 않았다.

젊은 전봉준은 핍박받으며 사는 이웃들의 모습을 보며 안타까워 견딜 수 없었다.

'저렇게 살겠다고 바둥거리는데, 있는 자들은 왜 나누어

주지 않는 걸까? 언제까지 우리가 이렇게 살아야 하는 걸까? 우리는 왜 이렇게 태어난 걸까?'

전봉준은 홀로 생각하는 시간이 많아졌다.

'어떻게 하면 이 굶주린 사람들을 도울 수 있을까? 이들을 위해서 내가 해 줄 수 있는 게 아무것도 없으니 답답하기만 하구나.'

온 나라 서민들이 굶주리는 가운데 조선을 향한 열강들의 눈초리는 더욱 매서워지고 음흉해지고 있었다. 조정에서 서로 권력을 잡기 위해 내가 옳으니, 네가 옳으니 싸우고 있을 때 일본, 청나라만이 아니라 러시아며 미국, 프랑스까지도 조선을 거머쥐려고 눈독을 들이고 있었다. 저들은 무력을 앞세워 어떻게든 조선을 집어삼키려고 덤벼들었고 서로 견제하며 기회를 노리고 있었다.

선수를 친 것은 일본이었다. 이미 조선 땅에 첩자와 친일파들을 은밀히 심어 놓은 일본은 우리 약점을 너무 잘 알고 있었고, 그런 일본에 빌붙어 권세를 누리려는 벼슬아치들이 한둘이 아니었다.

1876년 마침내 일본은 강화도 조약을 맺고 우리나라를 삼키기 위한 확실한 발판을 마련해 놓았다. 나라의 운명이 바람 앞의 등불처럼 위태로운데 조정 관리들은 수구

파와 개화파로 나뉘어 원수 대하듯 대립하고 있었다. 명성 황후를 중심으로 하여 대국(大國)인 중국 청나라와 손을 잡고 이 나라를 지켜야 한다는 게 수구파였는데, 청나라는 늙고 병든 나라였다. 새로운 문물을 받아들여 개화한 일본처럼 되려면 일본을 잘 알아야 하고, 그러려면 일본과 손을 잡고 서양문물을 받아들여야 한다는 게 개화파였다.

청년 전봉준은 나라의 운명이 위태롭다는 것을 벌써 느끼고 있었다. 조정 벼슬아치들은 수구니, 개화니 하고 싸우고 백성들은 벼슬아치들의 등쌀에 견디기 힘들어 그들을 향한 원망이 하늘을 찌르고 있었다. 누가 건드리기만 하면 터질 것 같은 종기처럼 백성들은 불만을 가슴 가득 안고 하루하루 버티고 있었다.

벼슬아치들이 함부로 백성을 괴롭히는 것은 정권을 잡고 있는 명성 황후 민씨와 그 척족4 세력의 부정부패 때문이었다. 권력의 요직도 과거 시험도 모두 이들 손에 달려 있었다. 돈으로 벼슬을 사기도 하지만 돈 있는 사람을 찾

---

4 척족 : 성이 다른 일가.

아 억지로 벼슬을 떠안기고 돈을 갈취하는 일도 마다하지 않았다.

"윗물이 흙탕인데 아랫물이 맑을 수가 있나?"

"저 민가 놈들 때문에 우리만 죽어나네. 정말 못 살겠어."

"민가들은 다 도둑놈이야. 이놈의 세상 빨리 망해야 해."

민씨들에 대해 곱게 말하는 사람은 아무도 없었다.

나라는 썩고 백성은 굶주려 아우성치는 세월에도 나라를 걱정하는 사람들이 있었다. 그들은 자신도 모르는 힘에 이끌리듯 조용히 만나고 있었으며 대화를 나누는 동안 같은 생각을 하는 것을 알고 동지 의식이 싹트기 시작했다. 동학 농민혁명의 기운이 어려운 세월 중에 조용히 발아5하고 있었다.

전봉준은 여기저기 다니며 나라 안팎의 소식을 들었고 새로운 책도 읽게 되었다. 그에게 깊은 감동을 준 것은 다산 정약용이 저술한 경세유표(經世遺表)6였다. 그 책을 읽으

---

5 발아 : 어떤 감정이나 사상이 생겨남을 비유적으로 이르는 말.

6 경세유표 : 조선 순조 17년(1817)에 정약용이 관제 개혁과 부국강병을 논한 책. 관제(官制)에 관한 고금(古今)의 실례 및 정치의 폐단을 지적하고 개혁에 대한 견해를 적었다. 44권 15책.

며 그는 자신이 꿈꾸는 세상의 실체를 본 것 같은 느낌을 받았다.

18년 동안 강진에 유배되어 있었던 실학자 정약용은 경세유표 서문에서 '나라 구석구석에 털끝만큼이라도 병들지 않는 것이 없으니 지금 당장 고쳐 나가지 않으면 반드시 이 나라는 망할 것이다.'라고 한탄하며 근본적인 개혁이 없이는 이 나라와 사회가 유지될 수 없음을 강조하였다. 임금이 중심을 잡고 바로 서야 하고 온 백성이 토지를 소유할 수 있게 토지제도를 개편할 것, 거기다가 형벌의 남용7으로 인권이 짓밟히고 있다고 지적하며 태형8 이상의 형벌을 내릴 수 없음에도 부정을 일삼는 수령들이 억지 형벌을 내려 백성들을 괴롭힌다고 신랄하게9 꼬집었다.

전봉준은 경세유표를 읽고 고개를 끄덕이며 무릎을 쳤다. 온 백성이 골고루 토지를 가지고 수령들이 함부로 일반 백성을 벌주지 못하는 나라. 그것은 전봉준이 그동안 생각

---

7 남용 : 권리나 권한을 본디의 목적이나 범위에서 벗어나 함부로 행사함.

8 태형 : 매로 때리는 벌.

9 신랄하다 : 매우 매섭고 날카롭다.

했던 나라였다.

'이런 나라를 만들 수 있다면 얼마나 좋을까? 내 뜻과 함께해 줄 사람은 어디에 있을까?'

전봉준은 그동안 여기저기 유랑하며 만났던 여러 얼굴들을 떠올려 보았다. 그리고 그 사람들의 이름을 가만히 읊조려 보았다. 힘이 차올랐다. 두 손에 힘이 들어갔다.


전봉준의 아내가 세상을 떠난 것은 결혼하고 나서 몇 년 못 가서였다. 아내는 두 딸을 부탁하며 눈을 감았다.

전봉준은 아이들을 데리고 자주 아내의 무덤을 찾았다.

"저 사람, 색시 사랑이 극진하우. 땅에 묻고도 저렇게 못 잊어 찾아가는 것 보우."

"어려운 살림에도 그렇게 금실이 좋더니. 저렇게 꽃 같은 자식만 남기고 갔네요."

"색시를 떠나보내며 녹두, 저 양반이 얼마나 울던지 세상 무너지는 줄 알았어요."

"아무리 금실이 좋아도 죽은 아내 산소에 가는 남자는 흔치 않은 일인데 참 저 사람은 별나요. 보통 사람이 아니에요."

"하모 녹두 저 사람은 여자도 남자처럼 대접받아야 하는
사람이라고 평소 말하는 사람이 아닌가? 저것 봐요. 두 아
이 머리를 저렇게 자애롭게 쓰다듬네."

얼마 후 전봉준은 두 번째 아내를 맞았다. 두 번째 아내
는 남평 이씨였다.

# 3. 녹두 장군, 화려한 비상

전봉준이 다시 이사한 곳은 고부의 조소리라는 마을이다. 새 둥지 모양의 마을이었다. 그는 여기서 부모와 자식들과 함께 살았다. 아이들도 어느새 넷이 되어 있었다.

그는 아버지처럼 서당을 차리고 아이들을 가르쳤다. 아버지 전창혁도 아들의 서당 일을 도왔다. 전봉준은 주로 오전에 가르치고 나서 바깥일을 보러 나가고, 오후에는 아버지 전창혁이 가르쳤다. 전봉준은 바깥출입을 자주 했다.

생활은 여전히 어려웠다. 서당 일에 전념하지 않기도 했지만, 무자년(1888년)에 대흉년이 들면서 아이들이 크게 줄어 서당 문을 닫았다. 서당을 다시 연 것은 경인년(1890년)이다. 1991년인 신묘년에는 말목 장터로 장소를 옮겨 서당을 열었다. 지형이 말의 목처럼 생겼다는 말목 장터는 꽤 번화한 곳이었다. 사람이 많이 사는 곳이기 때문에 서당 규모도 제법 커졌다.

전봉준은 서당 한쪽 편에 약방도 차렸는데 환자들이 약을 지으러 오면 주문[1]을 외우면서 진맥[2]을 하고 약을 지었다.

서당을 차려 아이들을 가르치고 약방을 열어 약을 지었지만 전봉준의 마음은 온통 이 나라 백성들을 어떻게 하면 구할 것인가, 하는 열망과 안타까움으로 가득 차 있었다. 아이들을 가르치고 아픈 사람을 낫게 하는 일도 중요한 일이었지만, 헤어 나오지 못하는 깊은 수렁에 빠진 백성들을 구하는 일이 더 급하다고 생각했다.

'힘을 모아야 해. 혼자 힘으로는 안 돼. 이미 나라 곳곳에서 분노한 백성들이 들고일어나고 있어. 그들을 하나의 힘으로 모아야 해.'

분노한 백성들은 변변한 무기도 없이 들고 일어났다. 관가를 습격하고 자신밖에 모르는 탐관오리들을 잡아내 벌을 주는 민란[3]을 일으켰다. 이런 민란이 나라 곳곳에서 일어나고 있었다. 쌀을 쌓아 두고서도 더 빼앗지 못해 눈이 벌건 악질 지주들의 집으로 쳐들어가 쌀 창고를 헐고 굶주린 백성들에게 쌀을 나누어 주기도 했다.

---

1 주문 : 어떤 바람이나 원망을 실현한다고 믿으며 외는 글귀.
2 진맥 : 맥을 짚어 병의 증세를 살핌.
3 민란 : 정치적 또는 사회적 문제로 민중들이 집단으로 일으킨 폭동이나 소요.

그러나…… 나라 곳곳에서 일어난 민란은 성공하지 못했다. 백성들의 분함과 억울함을 하나로 이끌어 큰 힘으로 만들어낼 지도자가 없었기 때문이다. 그런 소식을 들으며 전봉준은 크게 안타까워했다. 민란이 일어났던 곳으로 직접 찾아가 현지 사정을 알아보기도 했다.

'좀 더 치밀해야 했어. 더 많은 힘이 필요해. 세상을 바꿀 만큼 큰 힘!'

전봉준은 그즈음 동학에 대해 자주 생각했다. 나라에서 탄압하는 동학이지만 이제는 나라도 어쩌지 못할 정도의 큰 세력으로 자라 있었다. 그와 친분이 있는 손화중·김개남 같은 인물들이 이미 동학에 깊숙이 간여하며4 지역 책임자인 접주5로 활동하고 있었다.

동학은 1860년에 최제우가 어려움에 부닥쳐 있는 나라와 백성을 구하겠다는 큰 뜻으로 창건한 민족 종교이다. 인내천(人乃天), 사람이 곧 하늘이기 때문에 어느 누구도 멸시와 차별을 받으면 안 된다. 모든 사람이 사람답게 사는 새로운 세상을 세우자는 이념은 억압받고 차별받으며 사는

---

4 간여하다 : 관계하여 참여하다.
5 접주 : 동학에서, 접(接)의 우두머리. '접'은 '교'구 또는 '포교소'를 가리키는 말.

사람들에게 큰 환영을 받았다. 나라에서 금지하는 동학이지만 동학은 온 나라에 회오리처럼 번져 나갔다.

'나도 동학에 들어가 뜻을 같이하자. 힘없는 사람들이지만 뜻을 같이하면 힘이 될 것이다. 손화중, 김개남 같은 이가 들어간 동학 아닌가.'

그는 마침내 결심했다. 1890년 전봉준은 황하일의 소개로 동학에 입교했다.

'나도 이제 동학도이다. 동학은 힘없는 사람들 편이다. 사람은 누구나 평등하다. 누구나 똑같이 하늘처럼 귀한 사람들이다. 이제 이들과 힘을 모아 기울어가는 나라를 구할 것이다. 농민들이 대접받는 세상! 힘없는 사람들도 대접받는 나라를 만드는 데 내 온몸을 바칠 것이다. 모든 사람이 동등하게 대접받는 그런 나라를 만들 것이다.'

생각만으로도 벅찼다. 가슴이 터질 듯했다.

동학에 입교한 지 2년, 서른여덟 살 전봉준은 고부 접주가 되었다. 고부는 전주 다음으로 큰 읍이었다. 입교 2년 만에 고부 지방을 책임지는 접주가 되었다는 것은 수령에 빠진 백성을 대신해 줄 만한 대변자, 또한 그들을 앞에서 지도할 지도력을 갖춘 인물이라는 것을 동학 지도부에서도 인정한 것이었다. 사실 그는 동학에 늦게 입교했지만, 동학교도들과 꾸준히 교류하고 있었기 때문에 동학교도의 자질은 이미 갖추고 있었던 셈이다.

시간이 지나며 동학교도들은 전봉준을 잘 따랐다. 말은 안 했지만 무슨 일이 일어나면 접주의 뜻을 따르겠다는 암묵적인 교감이 어느새 형성되어 있었다. 전봉준의 이름은 조용히 퍼져 나갔다.

그의 집에는 낯선 사람들이 자주 들락거렸다. 며칠씩 묵어 가기도 했고 밤이 늦도록 은밀한 이야기를 나누기도 했다.

전봉준은 어느 날 장터로 나갔다가 마을 노인을 만났다. 손자가 전봉준의 시당에 다니기도 했던 어른이었다. 오른쪽 눈 밑에 있는 사마귀가 더 커진 듯했다.

"훈장님 집에는 무슨 사람들이 그리 들끓습니까? 어제도 보니 낯선 얼굴이 들어가드만."

전봉준은 속으로 경계의 날을 세우면서도 얼굴에 그런 내색을 드러내지 않고 웃음 띤 얼굴로 입을 열었다.

"아, 그 건장한 동무요? 예전 당촌에 살 때 친구였어요. 내가 약을 잘 짓는다는 소문이 거기까지 퍼졌는지 약을 지으러 왔다네요."

건장한 동무란 당촌에 살던 돌쇠였다. 그도 어느새 동학교도가 되어 있었다. 전봉준이 접주가 되었다는 소문을 듣

고 은밀히 찾아온 것이었다. 어릴 때 허약했던 돌쇠는 몰라
보게 건장한 젊은이가 되어 있었다.

"형님, 형님 소식은 저도 듣고 있습니다. 형님을 돕기 위
해 저도 말목 장터로 이사할까 합니다."

"돌쇠, 고맙네."

"형님, 바우 기억하시지요?"

"바우? 물수제비를 잘 뜨던 바우?"

"네, 바우 부모님이 무자년 흉년 때 세상을 떠나셨어요.
마음을 못 잡고 약초를 캐며 떠돌다가 형님이 여기에 동학
접주가 되었다니까, 형님이 믿는 동학 일 하며 살고 싶다고
곧 온다고 했습니다. 받아들여 주십시오. 형님 밑에서 배우
고 싶어 합니다."

전봉준을 찾아온 사람들은 대개 동학교도들이었다. 밤중
에 몰래 찾아오는 사람도 있었다. 뭔가 은밀한 일을 꾸미는
게 분명했다. 아직 드러내 놓고 일을 꾸밀 형편은 못 되었
다. 나라에서는 여전히 동학을 탄압하고 있었기 때문에 자
칫하면 일을 그르칠 염려가 있었다.


수렁에 빠진 것 같은 힘든 삶 속에서도 세월은 흘러갔다.
1892년 10월 충청도 공주에서 동학 집회가 열렸다. 동학

창시자 최제우가 억울하게 죽었으니 그 누명을 벗겨 달라고 요구하는 '교조 신원6'을 위한 집회였다. 서인주와 서병학이 주도한 이 집회에서 교도들은 충청 감영으로 몰려가 동학을 탄압하지 말고 자유로운 활동을 보장해 달라는 요구도 했다. 큰 성과 없이 끝난 공주 집회였지만 교도들은 '우리도 힘을 모아 뭔가 큰일을 할 수 있다'라는 자신감을 얻었다.

그리하여 그해 11월, 2대 교주 최시형의 명에 따라 전라 삼례로 모여들었다. 수천 명이나 되는 사람들은 주로 충청도와 진라도에 시는 교도들이었다.

"전라 감사에게 우리의 요구를 적은 소장7은 완성되었소. 누가 이걸 가지고 감영으로 들어가겠소?"

소장에는 동학교도의 탄압을 중지하라는 요구가 분명히 실려 있었다.

사람들은 눈치를 보며 선뜻 나서지 않았다. 전라 감사8에

6 교조 신원 : 1864년에 처형된 동학의 창시자 최제우의 억울함을 풀고, 포교의 자유를 인정받기 위해 1892년에 동학교도들이 벌인 운동.
7 소장 : 어떤 문제를 해결하기 위하여 사정이나 소망을 기록한 글. 여기서는 동학교도의 요구를 기록한 글.
8 감사 : 조선 시대, 각 도의 으뜸 벼슬. 요즘의 도지사.

게 보내는 소장을 들고 가겠다는 것은 목숨을 내놓는 것이
나 마찬가지였기 때문이다.

"내가 가겠소. 소장 이리 주시오."

전봉준이었다. 그의 얼굴에 비장함이 서려 있었다.

전봉준이 동학교도로서 공식 활동은 이렇게 시작되었다.

공주 집회도 삼례 집회도 큰 성과 없이 끝났다. 그러나
전봉준은 보고 느꼈다. 자신들처럼 힘없는 사람들도 뭉칠
수 있다는 것, 추위와 굶주림을 견디며 교도들은 며칠을 견
뎠다. 그만큼 나라에 대한 실망이 컸고 그만큼 그들의 요구
는 절실했다.

'누구도 어쩌지 못하는 이 열망을 모아야 해. 단합된 힘
이면 뭐든지 할 수 있어.'

전봉준은 자신이 어떤 길을 가야 하는지를 마음속에 그
려나가기 시작했다.

전봉준의 이름은 알려지기 시작했고 관아에서는 요주의
인물로 분류되어 나갔다. 나졸 몇 명이 전봉준을 은밀히 감
시하고 있었다.


공주와 삼례 집회로 동학교도의 힘을 과시했던 한 해가
저물고 새해가 밝았다. 1893년 2월, 동학교도들은 조정에

직접 상소하기9 위해 광화문 앞에 엎드렸다.

"통촉하옵소서10! 우리 동학의 교조 수운 선생은 아무 죄도 없이 억울하게 세상을 떠났습니다."

"그 억울함을 풀어 주시옵소서. 전하, 우리의 상소를 받아주옵소서."

동학교도들은 며칠이고 그 자리에 엎드려 자신들의 간절함을 들어 달라고 호소했다.

고종 임금도 더 이상 침묵을 지킬 수 없게 되었다. 왕도 동학교도들의 공주 삼례 집회 소식을 이미 알고 있었다.

"모두 돌아가 각자의 생업에 충실하시오. 그러면 그대들의 소원을 들어주리다."

고종의 답변을 들은 동학교도들은 크게 기뻐했지만, 그것은 광화문 앞에 엎드린 동학교도들을 해산시키기 위한 술수였다. 사람들이 해산하자 이내 체포령이 떨어졌다.

"상소의 주동자를 잡아들이라!"

화들짝 놀란 동학교도들은 혼비백산11, 급하게 한양을 떠

---

9 상소하다 : 임금에게 글을 올리다.
10 통촉하다 : (윗사람이 아랫사람의 형편이나 사정을)깊이 헤아려 살피다.

낮지만 이럴 줄 알았다며 다음 단계를 준비하는 사람들이 그림자처럼 말없이 움직이고 있었다.

전봉준과 서인주는 이런 일이 있을 경우 다음 일을 대비해 놓고 있었다.

"분명 조정에서는 가만있지 않을 것이오. 임금이 우리의 소원을 들어준다 해도 분명 우리를 잡아들여야 한다는 사람들이 생길 것이요. 그러면 한양 곳곳에 특히 서양 영사관 벽에, 서학 건물에, 외국 오랑캐가 사는 집 벽에 우리의 경고문을 붙이도록 하시오."

쥐도 새도 모르게 나붙은 동학교도의 경고문은 한양을 발칵 뒤집어 놓았다.

"일본과 서양 오랑캐는 즉시 조선에서 떠나라. 여기 머물면서 조선을 괴롭힌다면 우리가 힘으로 몰아낼 터이니 너희 나라로 즉시 돌아가라."

한양에 와 있던 외국인들은 공포를 느꼈다. 이미 그들도 동학교도들의 '척왜양[12]을 모르지 않았다. 동학교도들은 백

---

11 혼비백산 : 혼백이 사방으로 흩어진다는 뜻으로, 매우 놀라거나 혼이 나서 넋을 잃음을 이르는 말.
12 척왜양 : 일본과 서양 오랑캐를 몰아낸다는 뜻으로 동학교도들의 구호.

성을 괴롭히는 양반들과 벼슬아치들만이 아니라 우리나라를 집어삼키려는 일본, 미국, 프랑스 같은 외국 세력도 물리치겠다는 뜻을 분명히 밝힌 것이다.

외국 공관에서는 신변의 위협을 느끼고 즉시 본국에 보고했고 본국 정부는 조선 사태를 주시하기 시작했다.

일본 프랑스 미국 같은 열강들은 우리 조정에 보호 대책을 마련하라고 촉구하는 한편 자국민을 보호한다는 구실로 속속 군함을 보내왔다. 특히 조선의 상권을 장악하기 위해 조선에 많은 상인을 들여보낸 일본과 청나라는 발 빠르게 움직였다.

동학교도를 잡아들이고 동학을 해산시켜야 한다는 유생들의 상소도 빗발쳤다. 더는 견딜 수 없게 된 조정에서는 각 지방 관아에 '동학의 무리를 모조리 잡아들이라'라는 명을 내렸다. 전봉준도 몸을 피할 수밖에 없었다.


광화문에 모였던 동학교도들은 전국으로 흩어져 숨을 죽이며 다음 지시를 기다렸다. 마침내 최시형의 지시가 팔도에 전달되었다.

"모든 도인은 충청도 보은 장내로 모이시오."

1893년 3월. 동학교도들은 기다렸다는 듯이 보은 장내로 모여 들었다.

척왜[13], 척양! 그들은 이제 교주의 명예회복을 넘어 '반외세'를 외치고 있었다. 정치적 빛깔을 분명히 드러낸 것이다.

한편 금구 원평으로도 사람들이 모여들고 있었다. 보은 장내 집회가 최시형 계열의 북접 지도부가 주도했다면, 금구 원평 집회는 전봉준 계열의 남접 지도부가 주도한 집회였다.

원평에 모인 사람들은 들판에 무대를 만들어 풍물을 울리며 흥을 돋우었다.

"얼쑤 좋다! 살맛 나는 세상을 우리 힘으로 만들어 보세."

모래밭에 천막이 올라가고 저쪽에선 왁자지껄하며 솥을 걸었다.

"저렇게 큰 가마솥을 거는 거 보니까 여기서 오래 머물 생각인가 봐."

"이번에 모인 김에 한양까지 가야지. 언제까지 미룰 거여?"

"그러려고 우리가 달려온 거 아닌가?"

---

13 척왜 : 왜의 문물이나 세력 따위를 거부하여 물리침

사람들이 구름떼처럼 몰려들었다. 농사짓던 차림으로 여러 명 떼 지어 들어오기도 했지만, 글깨나 한 것 같은 선비도 들어왔다. 옷차림을 제법 갖춘 사람도 있었으나 대개는 머리에 수건을 질근 묶은 농부들이 대부분이었다. 지팡이에 몸을 의지해서 먼 길을 걸어온 노약자도 보이고 몽둥이며 칼을 숨겨 온 사람, 사냥으로 이름을 떨치던 포수도 있었다. 저잣거리를 기웃거리며 온갖 말썽을 부리던 무뢰배14도 섞여 들어왔다. 그 모양은 가지가지였으나 마음만은 하나였다.

'나도 동학 모임에 들어가서 사람대접을 받고 싶다 동학에 들어가서 그런 세상을 만드는 데 일조하고 싶다.'

모두 이런 마음으로 모여든 사람이었다.

사람들은 틈만 나면 벼슬아치들과 악질 지주들을 성토했다. 입이 있는 사람이라면 누구나 입을 열어 자기가 얼마나 억울하고 힘들게 살았는지를 하소연했다. 동학교도가 아닌 농민들이 더 많아 보였다. 그러나 그들은 동학에 입교만 안 했을 뿐, 마음은 똑같았다.

---

14 무뢰배 : 일정한 직업이 없이 나도는 불량한 사람.

"아이고 말도 말아요. 지 어머니 회갑 잔치에 쓴다고 우리 푸줏간의 고기를 싹 쓸어 갔어요. 돈 한 푼도 안 내고 말이오."

"정말 한 푼도 안 주고 말이오?"

"그렇다니깐요. 기가 막히고 코가 막혀서 말도 안 나옵디다. 내 그놈에게 꼭 원수를 갚고 싶어요."

"나는 봄에 먹을 게 없어 환곡15 쌀을 얻었는데 빌어먹을! 모래와 지푸라기를 잔뜩 섞어 쌀은 반도 안 돼요. 추수해서 갚을 때는 좋은 쌀로만 받아 가며 약속보다 세 배나 받아 갑디다. 죽일 놈들."

"나도 그래요. 모래 속에 쌀을 주워내느라 눈이 짓무르는 줄 알았어요."

"나도 당했어요. 그 생각을 하면 지금도 가슴에 열불이 나요."

"그래도 그건 참을 만해요. 내 이야기 들어 봐요. 무자년 기억하지요?"

"어찌 잊겠소? 그 비참했던 흉년을. 들에 있던 산나물조

---

15 환곡 : 예전에, 각 고을에서 흉년이나 춘궁기에 빈민에게 곡식을 대여하고 추수기에 이를 환수하는 제도나 그 곡식을 이르던 말.

차 가물어서 구하기가 힘들었지."

"우리 이웃집 버들이 할배가 그해에 굶어 죽었수. 참 좋은 사람이었는데. 우리 애들이 배고프다고 하니까 당신도 먹을 게 없으면서 보리쌀 한 됫박을 나누어 준 분이우."

말하던 사람이 훌쩍이며 어깨를 떨자 다른 사람들도 눈물을 흘렸다. 그들 중 한 사람, 가운뎃손가락 끝이 잘려 나간 사람이 입을 열었다.

"나는 그해 지주가 도조16를 내지 않았다고 내 어린 딸을 대신 데려갔다오. 그 어린 것을 첩으로 삼겠다고 끌고 갔어요. 끌려가며 엄마, 엄마 아버지, 아버지 가기 싫어요, 하며 울던 모습이 아직도 눈에 생생해요. 죽일 놈!"

이뿐이 아니었다. 어떤 종은 주인에게 아내까지 빼앗겼다고 털어놓으며 두 주먹을 불끈 쥐었다. 들어도 들어도 끝이 없는 한탄이며 원망이었다. 사람들은 계속해서 모여들었다.

벼슬아치들은 엄청나게 몰려드는 사람들의 소식을 들으며 겁에 질려 조정에 도움을 요청했고 중앙의 군대가 오기

---

16 도조 : 한 해 동안 남의 논밭을 빌려서 부치고 그 대가로 해마다 얼마씩 내기로 한 벼를 이르던 말.

만을 기다리고 있었다. 지방의 관군만으로는 보은과 원평의 동학도들을 막을 수 없다는 것을 알기 때문이다.

"전하, 대책을 세워야 합니다 저 불온한 무리를 그대로 두어서는 절대 안 될 것입니다. 보은 장내에 2만 명, 원평에도 2만 명이 모였다 하옵니다."

보은 장내와 금구 원평의 소식을 들은 조정은 발칵 뒤집혔다. 연일 대책 회의를 열었다.

금구 원평 집회에는 동학교도들만이 아니라 순수한 농민들도 대거 참여했다. 벼슬아치들과 악질 지주들에게 당하기만 했던 농민들은 자신들의 원을 풀어 줄 동학에 큰 기대를 걸고 있었다. 보은 집회보다 더 뜨거운 열기가 원평 집회를 감싸고 있었다.

"보은에도 엄청나게 모였답니다. 이제 보은 사람들과 힘을 합쳐 한양으로 올라가야지요."

"하모요. 곧 그런다, 안 합니까? 가서 그동안 우리를 등쳐먹은 벼슬아치들을 혼내고 우리 쌀을 헐값에 사 간 왜놈들도 잡아 혼꾸멍을 냅시다. 왜놈 앞잡이며 자기들밖에 모르는 민씨들을 싹 쓸어버리자고요."

금구 원평에 모인 사람들은 곧 한양으로 갈 것처럼 말하고 있었다.

그러나 보은 집회가 해산되었다는 놀라운 소식이 날아왔다. 양호도 어사 어윤중이 한양에서 내려와 보은 집회 동학도들을 해산시킨 것이다.

앞으로 자기 욕심만 챙기는 못된 수령과 아전들을 엄하게 벌할 것이니 너희 양민은 모두 자신의 생업에 충실하라. 이렇게 너그러이 선처를 베푸는데도 해산하지 않으면 용서하지 않을 것이다.

왕의 윤음17은 북접 지도자인 최시형, 손병희, 서병학의 마음을 흔들었다. 집회에 모인 사람들의 바람과는 달리 지도부의 마음은 세상 개혁보다 종교적인 조용한 모임으로 끝을 내고 싶었기 때문이다. 보은 집회를 해산시키기 위한 정부군이 청주에 도착했다는 소리도 들렸다. 보은 집회를 주도한 지도부는 해산하겠다는 약속을 했다.

이 소식은 빠르게 금구 원평으로 전해졌다.

---

17 윤음 : 왕이 관인과 인민을 타이르는 내용을 담은 문서.

"여러분 김봉집입니다!"

"와!"

원평 집회를 주도한 사람은 김봉집이라는 사람이었다. 그러나 그가 전봉준이라는 것은 누구나 알고 있었다. 맞서 싸워야 할 관군을 속이기 위한 작전이었다. 광화문 집회 이후 일본은 더 예민하게 동학에 주시하고 있었는데 동학이 외국 세력과 맞서 싸우겠다고 공언했기 때문이다. 이미 조선에 일본 기자가 들어와 있었고 그들도 '김봉집'이라는 자가 '전봉준'이라는 기사를 일본으로 재빨리 보내고 있었다.

"여러분!"

사람들 앞에 나선 전봉준의 입에서 우렁찬 소리가 터져 나왔다.

"보은 집회에 모인 분들이나 여기에 모인 모든 분, 모두 같은 마음으로 모였다는 것을 우리 모두가 알고 있습니다. 출세에 눈이 먼 벼슬아치들이 더 출세하기 위해 우리를 쥐어짜 착취하고 악질 지주 역시 우리의 피까지 빨아 갈 기세로 우리를 괴롭혀 왔습니다."

우레 같은 박수가 쏟아졌다. '옳소!', '쳐들어가야 합니다!' 하고 소리치는 사람도 있었다. 박수가 잦아들자 전봉준은 다시 입을 열었다.

"지금 나라는 바람 앞의 등불입니다. 개항하고 나서 외국 오랑캐들이 우리의 모든 것을 가져가고 나라의 기둥이 흔들거리고 있어요. 그런데도 높은 양반들은 나라를 지킬 생각보다 자신의 자리를 지키기에 급급해 있습니다. 이 나라가 누구의 나라입니까? 벼슬아치들의 나라입니까?"

"아니오! 우리들의 나라입니다. 우리 땅 우리가 가꾸고 지킨 땅입니다."

볼멘소리가 여기저기서 터져 나왔다.

"그렇습니다. 왕의 나라도 아니고 벼슬아치의 나라도 아닙니다. 우리 백성의 나라입니다."

"옳소! 옳소!"

다시 박수가 터져 나왔다. 동학교도건 순수한 농민이건 한마음이었다.

"저 교활한 일본과 서양 오랑캐를 우리 땅에서 몰아내야 합니다. 우리 목숨을 내걸고 이 나라를 지켜야 합니다. 우리 땅, 우리가 농사지을 땅을 우리가 지켜야 합니다. 우리는 힘을 모아 일어나야 합니다. 그래서 우리 농민을 살리고 나라를 구해야 합니다."

"옳소! 우리 농민이 사람대접을 받으며 사는 나라를 만들어야 합니다."

"그렇습니다. 그러나 아직 우리의 힘은 완전하지 않습니다. 아직도 일어서는 것을 두려워하고 무서워하는 무리가 있습니다. 더 간절한 마음, 이 길이 아니면 살 수 없다······ 이런 마음이 아직 부족합니다. 안타깝고 안타깝지만, 아직 일어설 단계에 이르지 못했습니다. 그러나 여러분이 보여 준 힘, 이 힘을 모아 준 여러분께 감사드립니다. 우리는 분명 일어설 수 있습니다. 무리하게 일어서서 힘을 약화시키는 것보다 각자 고향으로 돌아가서 다음을 기약하는 게 좋겠습니다. 때가 되면 다시 모이겠습니다. 여러분 몸조심하시고 건강히 지내십시오."

보은 장내의 해산 소식은 금구 원평 집회에 큰 타격을 입혔다. 결국 아직 봉기[18]할 때가 아니라고, 전봉준을 비롯한 김개남, 손화중, 김덕명 등은 해산에 뜻을 모았다.

원평에 모였던 사람들도 신속하게 흩어졌다. 그들은 지역별로 몇천 명 또는 몇백 명씩 떼를 지어 흩어졌다. 도중에서 부딪치게 될 관군을 피하기 위해서였다. 떼를 지어 가면 관군도 함부로 덤비지 못할 것이기 때문이다. 전봉준도

---

18 봉기 : 많은 사람들이 벌떼처럼 떼 지어 세차게 들고일어남.

변장하고 은신처를 찾아 떠났다.

전봉준, 녹두 장군의 명성은 원평 집회를 거치며 전국으로 퍼져 나갔다. 비록 큰 성과 없이 모였다가 해산된 집회였지만 사람들은 그의 당당한 모습에 압도되어 누구나 그를 우러러보게 되었다.

# 4. 사발통문

    전봉준은 원평 집회를 해산시킨 후 여기저기 숨어 지내다가 고부로 돌아왔다. 그가 없는 동안 아이들과 아내, 늙은 아버지는 굶다시피 하며 목숨을 이어가고 있었다. 이미 녹두 장군의 명성을 듣고 있던 아버지는 말없이 고개를 끄덕이며 아들의 손을 잡고 울음을 참았지만 네 아이는 아버지, 하며 울음을 터뜨렸다. 아이들이 아버지 다음으로 내놓은 소리는 '배고파!'였다. 아내 역시 젖은 눈으로 남편을 바라보았다.

    고부의 너른 들에 어느새 가을이 와 있었다. 그러나 그들은 쭉정이뿐인 들이었다. 가뭄이 이어지며 벼는 알차게 여물지 못하고 빈 껍질만 노랗게 물들이고 있었다.

    전봉준은 가슴이 미어지는 것 같았다. 나라를 구하고 농민들을 살리겠다고 동분서주하는 동안 가족들은 먹지 못해 뼈가 앙상했다.

    가을걷이를 끝냈지만, 집안에는 쌀이 없었다. 싹싹 긁어 모두 세미1로 걷어 가 버렸다. 그런 사정은 어느 집이나 똑같았다.

"해도 해도 너무한다."

"우리는 뭘 먹으라고 싹싹 털어 가는 거야."

"이렇게 당할 수만은 없습니다. 군수에게 등소2합시다."

사람들은 모이기만 하면 등소 이야기를 꺼냈다. 그리고 장두3를 뽑았다.

장두로 뽑힌 사람은 전봉준의 아버지 전창혁이었다. 그리고 김도삼, 정익서가 뽑혔다. 마침내 등소문이 완성되고 전창혁은 농민들을 이끌고 고부 관아로 몰려갔다.

"나으리, 제발 우리의 어려운 사정을 보살펴 주십시오."

"추수가 끝났지만 먹을 게 하나도 없습니다."

장두와 농민들이 눈물로 호소했지만, 고부 군수 조병갑은 눈썹 하나 까닥하지 않고 몽둥이질로 엎드린 농민들을 쫓아내고 장두 세 사람을 감옥에 가두어 버렸다. 세 사람은 감옥에서 모진 고문을 당하였다. 전라 감영과 고부 감영을

---

1 세미 : 조세로 관청에 바치던 쌀.

2 등소 : 여러 사람이 이름을 잇대어 써서 관아에 올려 하소연하는 일.

3 장두 : 예전에 여러 사람이 서명한 소장의 맨 첫머리에 이름을 적는 사람을 이르던 말.

오가며 고문을 당했다.

죽을 정도로 곤장을 맞고서야 세 사람은 풀려났지만, 장독4으로 몸을 움직이지도 못하게 된 전창혁는 결국 장독을 이기지 못하고 숨을 거두고 말았다.

전창혁의 죽음으로 고부의 민심은 크게 들끓었다.

"전창혁 같은 어른을 매로 죽이다니 말이 됩니까?"

"당신이 어려우면서도 늘 없는 사람을 생각해 주던 어른인데 군수면 단가요?"

사람들은 자기가 당한 것처럼 슬퍼하며 모이기만 하면 조병갑을 헐뜯으며 욕설을 퍼부었다.

"멀쩡한 팔왕보가 있는데 다시 그 밑에 보5를 쌓으며 우리에게 품삯 한 푼 안 주더니, 물세는 오지게 받아 가지 않던가요? 도둑놈의 심보지요."

"말해서 뭘 해, 내 입만 아프지. 우리 팔왕보가 어떤 보인가? 아무리 가물어도 여기만은 풍년이 드는 게 팔왕보 때문 아닌가?"

---

4 장독 : 매를 심하게 맞아 생긴 상처의 독.
5 보 : 논에 물을 대기 위한 수리 시설의 하나. 둑을 쌓아 흐르는 냇물을 막고 그 물을 담아 두는 곳이다.

"하모. 그래서 다들 만석보라 부르는 거 아닌가?"

조병갑은 만석보 하류에 또 하나의 보를 쌓게 하며 농민들에게 품삯 한 푼 주지 않았다.

"보 쌓는데 필요한 나무들도 산 주인에게 허락도 받지 않고 마구 베어다 썼잖아."

보가 이중으로 만들어지며 피해는 잇달았다. 홍수가 나면 물이 넘쳐 논이 물에 잠기는 일까지 벌어진 것이다. 그런데도 조병갑은 물세로 700여 섬을 받아 챙겼다.

"황무지 개간은 또 어떻고! 땅을 개간해서 농사를 지으면 5년 동안 세금을 면제해 준다 약속해 놓고 풍년이 들자 안면을 싹 바꾸고 다른 땅이랑 똑같이 세금을 걷어 갔잖아."

조병갑은 부호들에게도 억지 벌금을 물게 하며 자기 배를 불렸다. 불효죄, 형제간에 화목하지 않은 죄, 사내가 바람피운 죄…… 있는 죄, 없는 죄까지 들먹이며 그가 걷어 간 돈은 무려 2만 냥에 달했다.

"어디 그뿐이우? 제 아버지 송덕비 세운다고 있는 집, 없는 집할 것 없이 돈을 걷어 갔잖아."

"맞아 그 생각하면 치가 떨려 공덕비는 무슨 공덕비6야. 그 에비에 그 자식이지. 지가 뭐 잘했다고 공덕비야?"

"그때 걷어 간 돈이 1천 냥이 된답디다."

사람들은 대동미의 착복에 대해서도 성토했다. 대동미는 나라에 바치는 세금을 쌀로 걷어 가는 것을 말하는데 농민들에게 걷어 갈 때는 좋은 쌀로 받고 나라에 바칠 때는 나쁜 쌀을 바치고 그 남은 돈을 슬쩍한 것이다.

"암튼 대단한 탐관오리요. 돈 모으는 데는 머리가 팽팽 돌아간다니까."

"그냥 두어서는 안 돼요."

"맞아요. 전창혁 어른을 죽인 그놈을 그냥 두어선 안 됩니다."

조병갑을 몰아내야 한다는 여론은 물 끓듯 했다. 누가 선동한 것도 아닌데 고부 사람들의 마음은 자연스럽게 하나로 뭉쳐졌다.

날씨는 점점 추워졌다. 그러나 조병갑을 몰아내야 한다는 사람들의 열기는 사그라지지 않았다.

사람들의 원성이 높아 갈수록 전봉준의 마음은 더욱더 단단해지고 있었다. 혼자 생각하는 시간도 점점 많아졌다.

---

6 공덕비 : 공덕을 기리기 위하여 그 행적을 새겨서 세운 비.

전봉준은 무장현 양실 마을로 이사 와 사는 동학의 대접주 손화중을 찾아갔다. 자기 뜻을 펴려면 동학의 많은 무리를 거느린 손화중 같은 이의 도움이 필요했다.

"어서 오세요. 아이구 눈이 푸지게도 내립니다."

손화중은 언제나처럼 반갑게 전봉준을 맞았다. 해가 지는 시각이었다.

"그래 포교는 잘되십니까?"

"이리로 앉으세요. 거긴 차갑습니다."

손화중은 대답 대신 아랫목을 내주며 읽던 책을 덮었다. 얼핏 보니 동학에 대한 책이었다.

"눈이 저리 오니 풍년 들겠습니다."

"풍년이면 뭐합니까. 있는 자들만 배 불리는 풍년인데."

"그래도 흉년보다 낫지 않겠습니까? 그래야 한 번이라도 배불리 먹어 보지요."

두 사람은 밤이 깊도록 이런저런 이야기를 나누었다. 그런데 밤이 깊어질수록 두 사람의 목소리는 높아졌다.

"어느 때까지 기다리자는 겁니까? 이제 우리가 일어서야 합니다. 서둘러야 한다고요. 아무리 애써서 농사를 지어도 땅 주인이 가져가고 나머지도 세금으로 뺏어 가니 농민들은 뼈 빠지게 일하고 굶는 거 모르십니까?"

소리치는 전봉준의 눈가에 핏발이 서 있었다.

"왜 모르겠습니까? 나도 두 눈이 있고 두 귀가 있는 사람입니다. 양반들 창고에선 쌀이 썩어 나는데 정작 농사를 지은 농민은 쫄쫄 굶고 있어요. 아무리 등소를 해도 저들은 눈 하나 꿈쩍 안 하지요."

"그러니까 일어서야 한다고요!"

전봉준이 두 주먹을 부르르 떨며 소리쳤다.

"아닙니다, 아직 봉기할 때가 아닙니다. 그 마음, 나라고 모르겠습니까? 나도 똑같은 마음입니다. 그러나 때가 무르익을 때까지 좀 더 기다려야 합니다. 때가 되면 나도 나서겠습니다."

밖에서 닭 우는 소리가 힘차게 들려왔다. 두 사람은 손을 굳게 맞잡았다. 맞잡은 손에서 전봉준은 손화중의 마음을 읽었다.

"고맙습니다!"

전봉준은 고개를 끄덕였다.

손화중처럼 때가 와서 불러 주기를 기다리는 의로운 세력들이 여기저기에서 꿈틀대고 있었다. 그러나 손화중의 주장처럼 아직 일어설 때가 아니었다. 의로운 힘이 더 필요했다.

바람이 창을 흔들며 지나갔다. 겨울이 깊어지며 추위는
더 매서워지고 있었다.

1893년 겨울, 고부군 서부면 죽산리에 자리 잡은 송두호
의 집. 사람들이 그 집으로 하나둘 모여들었다. 앳된 소년
도 들어가고 건장한 장년, 나이가 지긋한 노인도 슬며시 그
집으로 들어갔다. 전봉준은 이미 와 있었다. 마침내 방이
꽉 찼다.

방 가운데에는 넓은 종이와 벼루, 붓이 준비되어 있었다.
벼루에는 검은 먹물이 그득했디. 뭐에 쓰려는지 둥근 사발
하나도 종이 위에 놓여 있었다.

방에 모여 앉은 그들은 한동안 이런저런 이야기를 주고
받았다. 고부성이니 전주 감영이니 말을 주고받더니 '전주
감영 점령'에서 '한양으로 쳐들어가야 한다'는 말까지 나왔
다. 봉기를 모의하는 자리인 것이다.

"이제 서명합시다."

전봉준은 넓은 종이 가운데 사발을 뒤집어 놓고 둥근 원
을 그렸다. 방 안에 모인 사람들은 서로 눈빛을 주고받았
다. 이게 뭐지? 하는 눈빛이었다.

"자, 이제 원 밖에다가 자기 이름을 쓰시오. 이러면 누가

주동자인지 모를 겁니다."

사람들의 눈빛이 확 빛나며 무릎을 쳤다. 지금까지 이런 문서에는 대표자 이름을 차례로 썼는데 제일 위에 적힌 사람이 주동자로 몰려 늘 치도곤7을 당하곤 했었다. 전창혁도 그렇게 당했다.

"참 좋은 생각입니다."

사람들은 원 밖에다 자신들의 이름을 정성껏 적어 나갔다. 그 유명한 사발통문8은 이렇게 송두호의 집에서 완성되었다. 이루고자 하는 뜻도 사발통문에 분명히 적어 놓았다.

> 고부성을 격파하여 조병갑의 목을 벤다.
> 무기고와 화약고를 점령한다.
> 군수에게 달라붙어 백성을 괴롭힌 아전들을 벌준다.
> 전주성을 함락하고 곧바로 한양으로 쳐들어간다.

---

7 치도곤 : 몹시 혼나거나 맞음.
8 사발통문 : 격문이나 호소문 따위를 쓸 때 누가 주모자인가를 알지 못하도록 서명에 참여한 사람들의 이름을 둥글게 삥 돌려 가며 적은 통문.

이 사발통문은 고부군내의 이장들과 집강9들에게 빠르게 전달되었고 사람들 입을 타고 사방으로 퍼져나갔다. 마침내 그날이 왔다고 사람들은 상기된 표정으로 말을 이었다. '봉기'라는 말이 사람들 입에서 자연스럽게 터져 나왔다.

송두호의 집은 봉기를 위한 임시 본부가 되었다. 사람들의 눈을 피하기 위해 주로 밤에 모였고 아무도 그 방에 접근하지 못하게 했다. 방에 몇 명이 모였는지도 그 방에 있는 사람만 알 수 있었다.

부인은 밥을 지을 때 늘 난감해했다. 몇인 분의 식사를 준비해야 하는지 알 수 없었기 때문이다.

"이 산가지 수만큼만 밥을 지으시오."

송두호가 부인에게 말했다. 방 밖에 산가지10가 놓여 있었다.

"이 산가지 수만큼만요?"

"소리가 너무 크오. 앞으로도 산가지 수만큼만 지으시오."

---

9 집강 : 예전에, 면, 리의 행정 사무를 맡아보는 사람을 이르던 말.
10 산가지 : 수효를 셈하는 데 쓰던 대나무 가지.

회의는 은밀히 진행되었고 무기도 준비해 놓았다. 해를 넘기지 않기로 했다. 사람들의 원망이 하늘을 찌르는 지금, 더구나 겨울로 접어들어 농사일을 잠시 쉬는 농한기11였다. 해를 넘겨 농사일이 시작되면 사람들의 마음을 모으기가 쉽지 않을 것이다. 그런데 이 계획은 무산되고 말았다. 11월 30일, 조병갑이 익산 군수로 발령이 난 것이다.

"이럴 수가! 용케도 내빼는구먼."

"우리가 들고일어날 줄 알고 줄행랑 놓는 것 같네."

사발통문에 서명했던 사람들은 송두호의 집에 모여 가슴을 쳤다. 다 잡아 놓은 물고기를 놓친 것 같은 마음이었다.

조병갑은 익산 군수로 발령이 났으나 계속 고부를 떠나지 않고 고부 근처에서 버티고 있었다.

'날더러 이 노른자위, 고부를 떠나 익산으로 가라고? 어림없는 소리! 김문현을 구워삶아야지.'

고부는 넓고 기름진 땅만이 아니라 갯벌까지 넓게 끼고 있어서 농산물뿐만 아니라 해산물까지 풍부한 곳이었다. 수령의 눈으로 보았을 때 그만큼 착취할 게 많아 누구나 오

---

11 농한기 : 농사일이 바쁘지 않아 한가한 시기.

고 싶어 하는 곳이었다.

부임해 오면 그동안 윗전에 바친 뇌물로 쓴 돈을 벌충하기12 위해 물불을 가리지 않고 걷어 들였다. 임기 3년을 다 채운다는 보장이 없기 때문에 자리에 있을 때 한 푼이라도 더 뜯어내자는 심보였다. 벼슬을 돈으로 산 탐관오리13들은 더했다. 조선 팔도 어디에나 이런 벼슬아치들이 득실거렸다.

인정사정없는 능구렁이14 조병갑은 누구보다 고부에서 재물을 그러모았다15. 진주 목사16 자리를 마다하고 고부로 온 조병갑이 아닌가.

조병갑은 재빨리 전라 감사 김문현을 만났다.

"나으리, 고부에 그대로 남아 있게 해 주세요. 그 은혜는 절대 잊지 않겠습니다."

"자네 그 자리에 그대로 앉게 해 주면 나에게 뭘 줄 텐가?"

---

12 벌충하다 : 다른 것으로 대신 보충하여 채우다.
13 탐관오리 : 재물을 탐하고 행실이 깨끗하지 못한 관리.
14 능구렁이 : 노회하고 의뭉스러운 사람을 비유적으로 이르는 말.
15 그러모으다 : 거두어 한곳에 모으다.
16 목사 : 고려와 조선 시대, 지방 행정 단위의 하나인 목을 맡아 다스리던 정삼품의 외직.

"아이구 나리……."

두 사람은 이미 서로에 대해 뼛속까지 들여다보는 사이였다. 그동안 수없이 많은 뇌물을 조병갑에게 받은 김문현역시 익산으로 보내는 것보다 고부에 앉혀 놓고 야금야금이런 것 저런 것을 받아먹으면 그만이었다.

"내 손을 써 봄세. 어렵겠지만 그동안의 정을 생각해서내 특별히……."

둘 다 닳고 닳은 탐관오리였다.

새로 부임해야 할 군수가 오지 않았다. 그다음 군수도 오지 않았다. 김문현이 은근히 손을 쓴 것이다. 40일 동안 고부 군수로 여섯 명이 발령 났으나 아무도 부임하지 않았다.

1894년 1월 9일 조병갑이 다시 고부 군수로 발령이 났다는 새로운 소식이 고을에 퍼졌다.

"아니 이게 무슨 날벼락인가? 조병갑 그 능구렁이가 다시 고부를 차지한다며?"

"그렇답니다. 전라 감사 김문현이랑 짜고 포잉17을 받았다고 합니다."

---

17 포잉 : 공이 많은 수령을 계속해서 그 자리에 근무하게 하는 제도로 왕의 특별한
  포상.

"포잉이라? 포잉? 그게 말이 돼? 아니 뭘 잘했다고?"

"정말 가만히 있어서는 안 되겠습니다. 어찌 사람의 탈을 쓰고 그럴 수 있습니까."

"그가 무슨 사람입니까? 짐승도 그보다 낫지요."

"짐승도 과합니다. 악귀지요. 백성의 피를 빨아먹는 악귀요."

# 5. 고부의 횃불

아무리 먹을 게 없어도 정초는 정초였다. 아니 굶주렸기 때문에 사람들은 풍물이 주는 흥겨움에 잠시라도 몸을 맡기고 싶었다.

덩덩 덩더쿵 깨앙 깨앙 깨알…… 풍물패들은 액[厄]을 내쳤다. 온 마을을 돌며 풍악을 울려야 마을의 액을 막을 수 있다고 믿었다. 풍물패들이 흥겹게 지신밟기1를 하는 동안 사람들은 쌀 같은 걸 내놓았다. 많지 않은 쌀이지만 액을 막아 준 감사의 표시였다. 드물게 돈을 내놓는 사람도 있었다. 자기 형편껏 내놓는 이것들은 어려운 사람을 돕거나 마을제를 드릴 비용이 되기도 했다.

그런데 지신을 밟는 사람들의 표정이 다른 해와 달랐다. 얼쑤얼쑤 추임새를 하는 사이사이 은밀한 소리가 전해지고 있었다.

---

1 지신밟기 : 정월 보름 무렵에 지신을 달래고 복을 비는 민속놀이.

"모이시오, 모이시오. 조병갑의 목을 치러 간답니다. 녹두 장군이 전하는 말이오."

"예동 공터로 모이시오."

이 은밀한 소리는 발이 없었지만, 사람들의 입을 타고 이 집 저 집으로, 이 마을 저 마을로 빠르게 전달되었다.

1894년 정월 10일 밤. 말목 장터에는 예동 공터를 거쳐 온 사람들로 가득해졌다. 흰옷 입은 사람들은 쇠스랑2, 괭이, 낫 같은 농기구를 들고 있었고 농기구가 아닌 손엔 죽창이 들려 있었다. 사람들을 따라온 개들도 여기저기 다니며 꼬리를 흔들었다. 사람들의 얼굴은 어느 때보다 진지했고 말로 다 하지 못하는 열망으로 모두 상기된 얼굴이었다.

"여러분! 고맙습니다."

타오르는 횃불을 높이 들고 전봉준이 모습을 드러냈다.

"와 녹두 장군이다!"

"전봉준 장군이다!"

사람들은 큰 함성으로 전봉준을 맞았다.

"이제 우리의 뭉친 힘을 보여 줄 때가 왔습니다."

---

2 쇠스랑 : 쇠로 서너 개의 발을 만들고 자루를 박아 갈퀴 모양으로 만든 농기구.

전봉준은 힘없는 백성의 고통을 나 몰라라 하는 조정과 벼슬아치들, 조병갑의 잘못을 낱낱이 늘어놓았다. 사람들은 박수를 보내며 호응했다. 마침내 전봉준의 입에서 기다리던 말이 터져 나왔다.

"우리는 참을 만큼 참았습니다. 이제 우리 힘으로 조병갑을 몰아내야 하지 않겠습니까?"

사람들은 우레와 같은 함성과 박수로 자신들의 마음을 표현했다.

"당장 쳐들어갑시다."

"우리에게서 불법으로 걷어 간 것을 찾아옵시다."

사람들은 죽창으로 땅을 치기도 하고 주먹으로 허공을 치기도 하며 소리쳤다. 그들은 어제의 농부가 아니었다. 전봉준의 뜨거운 마음이 농기구와 죽창을 든 사람들의 마음으로도 흘러가 말목 장터에 모인 사람들의 마음을 뜨겁게 했다. 어느새 그들은 군대가 되어 있었다. 농민군이다.

"갑시다!"

"가요! 조병갑을 끌어내려요!"

농민군의 활기는 펄펄 끓어올랐다. 전봉준의 지시에 재빠르게 움직여 두 패의 공격대로 나누어졌다. 고부로 가는 길은 두 갈래였다. 하나는 천치재를 지나가는 길이고, 또 하나는 영원 운학동을 통해서 가는 길이었다.

전봉준이 이끄는 공격대는 영원 쪽으로 빠르게 움직였다. 빨리 갑시다, 하는 지시가 없었지만 그들의 마음은 모두 급했다. 한시라도 바삐 조병갑을 끌어내리고 싶은 마음이었다. 무기가 없는 사람은 길가의 대나무를 잘라 죽창을 마련하기도 했다.

"고부 관아다!"

밤을 밝히며 이동한 전봉준의 공격대는 새벽같이 고부 관아 동헌에 들이닥쳤다. 김도삼이 이끄는 다른 공격대도 두승산을 넘어 고부 관아에 도착했다.

"조병갑을 잡아라!"

"조병갑부터 잡자!"

농민군의 함성이 새벽하늘을 끌어내릴 듯 솟아올랐다.

그러나 조병갑은 이미 낌새를 알아채고 줄행랑을 놓은 뒤였다. 농민군이 쳐들어온다는 정보를 입수한 조병갑은 허름한 옷으로 변장하고 고부 관아를 빠져나간 것이다.

"보나 마나 전주 감영으로 갔을 것이오. 그보다 감옥에 갇힌 죄 없는 사람들을 빨리 풀어 줍시다."

농민군은 질서 있게 움직였고 전봉준은 무기고까지 열게 하여 고부 관아의 모든 무기를 손에 넣었다. 농기구와 죽창3뿐이었던 농민들은 무기고의 총, 창, 탄약을 손에 넣으며 환호성을 질렀다. 관아의 곡식 창고에 가득한 식량도 이제는 농민군의 손에 들어왔다. 사람들은 감격에 겨워 눈물을 흘렸다.

"사실 이게 다 우리 것이었어."

"그렇고말고. 우리 곡식을 이제 우리가 가져가게 되었구면."

서서히 동쪽 하늘이 밝아왔다. 농민군은 조병갑이 신줏단지처럼 모시던 토지 문서와 노비 문서도 찾아내어 불 속에 던져 버렸다.

"자 이제 모두 말목 장터 가서 다음 지시를 기다려 주시오."

예동 위에 자리 잡은 마을, 말목 장터. 전봉준은 말목 장터에 대해 손바닥에 올려놓은 것처럼 잘 알고 있었다. 말목 장터 입구에 자리 잡은 나이 먹은 감나무며, 어느 골목으로 가면 어떤 집들이 있는 것까지 다 꿰고 있었다.

말목 장터는 자연스럽게 고부 봉기의 본부가 되었다. 규

---

3 죽창 : 대를 깎아 만든 창.

모가 제법 큰 집을 골라 장두청이라 하고 그 안에 자신의 집무실도 마련했다. 농민군의 여러 가지 일을 처리하는 곳이 장두청인 것이다. 장두청 경비는 삼엄했다. 장두청 출입을 하는 전봉준 휘하4의 사람들까지 손목에 노끈을 감고 암호로 삼았다. 왼 손목에 노끈을 매지 않은 사람은 금방 눈에 띄었다. 장두청만이 아니라 말목장터 일대가 무장한 농민군으로 꽉 차 있었다.

"먼저 배들 평야로 가서 만석보를 허물어 버립시다."

전봉준의 지시를 받은 사람들은 곧 달려가 만석보를 허물어 버렸다. 조병갑의 지시로 쌓은 만석보였다.

"아이구, 내 가슴이 뻥 뚫린 듯 시원허네. 그놈의 만석보 때문에 우리가 얼마나 고생했소?"

"내 말이 그 말이오."

정월 찬바람이 아직은 매운맛을 버리지 않았지만 고부읍은 봄을 맞은 것처럼 활기가 넘쳤다. 하얀 무명으로 머리띠를 한 사람들은, 군사 훈련을 받은 적이 없는 소위 농투성이였지만 군대처럼 질서 있게 움직이며 다음 일을 기다리

---

4 휘하 : '대장기(大將旗) 아래'라는 뜻으로, 장수의 통솔 아래에 있음을 이르는 말.

고 있었다. 농민군들은 무슨 일이든지 거뜬하게 해치울 것처럼 힘이 넘쳐 보였다.

전봉준은 힘이 넘쳐나는 농민들을 이끌고 함열에 있는 조창5까지 허물려고 했으나 자기 고을을 벗어나면 자칫 역적으로 몰리는 법에 걸릴 수 있다는 의견들이 나와 함열에는 가지 않기로 했다.

장두청에는 밤늦게까지 불이 꺼지지 않았다. 전봉준과 지도부들이 밤늦게까지 회의를 하며 다음 행동을 어떻게 할 것인지에 대한 의견을 주고받았다. 이런 회의가 있는 날 장두청 경비는 더 철저했다. 언제 어떤 세력이 침범할지 모르기 때문이다.

농민군의 사기는 하늘을 찌를 듯했다. 전봉준은 농민군의 편성을 새롭게 하고 무기고에서 빼앗은 무기들로 재무장했다. 성을 쌓을 농민군을 따로 뽑아 백산으로 보내기도 했다.

농민군은 수적으로 많지만, 정식 군인이 아니었다. 그렇

---

5 조창 : 세미를 보관하는 창고.

기 때문에 제멋대로 행동할 수 있었다. 고부 관아를 점령하여 사기가 오른 농민군이 일반 백성을 우습게 여겨 해를 끼칠 수도 있고 개인적인 원한으로 지휘자의 허락 없이 무기를 휘두를 수도 있었다. 앞으로 부딪힐 관군과 맞서기 위해서는 군대 같은 규율이 절대 필요했다. 사사로이 행동해선 절대 안 된다! 전봉준은 이 점을 몇 번이고 강조했다.

농민군은 이런 전봉준의 뜻을 잘 따랐다. 고부읍 곳곳에 장막을 쳐 군영을 설치하고 고부읍을 지켜 나갔다. 밤이면 여기저기서 모닥불이 피어올랐다. 농민군이 고부읍을 지키기 위한 불이었디.

전봉준과 농민군이 고부 관아를 점령했다는 소문이 거센 불길처럼 사방으로 퍼져나갔고 농민군이 되기 위한 사람들이 사방에서 모여들었다. 고부읍은 사람들로 넘쳐났다.

그러던 어느 날이었다. 낯선 얼굴들이 말목 장터로 들어섰다. 전라 감영에서 파견한 군교6 정석진과 부하들이었다. 그는 전봉준을 처치하고 오라는 전주 감사 김문현의 명을 받고 나온 것이다.

---

6 군교(軍校) : 조선 시대, 각 군영 및 지방관아의 군무에 종사하던 낮은 직급의 벼슬아치를 통틀어 이르던 말.

"전봉준만 없애면 농투성이 나부랭이들은 저절로 흩어질 것이다. 실수 없이 해치우도록 해라."

정석진은 전봉준을 처치할 계획을 세우고 10여 명의 군사와 말목 장터에 도착했다. 부하들을 변장 시켜 담배 장수로 꾸미기도 하고 더러는 농민군에 들어온 것처럼 침투 시켜 놓았다.

"우리가 할 일은 전봉준을 처치하는 것이다. 명심하라."

정석진의 부하들은 모두 고개를 끄덕였다.

정석진은 겁도 없이 부하 몇 명을 앞세우고 장두청으로 향했다.

'전라 감사의 지시로 왔다고 하는데 지가 어쩌겠어. 그러다 기회가 되면……'

정석진은 자신만만한 얼굴로 장두청 안으로 들어갔다.

"누구시오?"

"당신들 뭐요?"

그들을 수상하게 여긴 농민군 보초들이 앞을 막았다.

"전라 감영에서 감사의 영을 받고 나온 사람이다. 너희 대장이라는 자가 어디 있느냐?"

그때 쩌렁쩌렁한 소리가 들려왔다.

"웬 놈이냐?"

전봉준이었다. 정석진은 그의 얼굴을 본 순간 오금이 저렸다. 단번에 그가 전봉준이라는 것을 알 수 있었다.

'역시 대단한 사람이군. 저 눈빛 봐. 그러나 여기서 밀려서는 안 된다. 나는 감사가 보낸 사람 아닌가.'

정석진은 주먹을 불끈 쥐고 나서 입을 열었다.

"나는 전라 감영에서 영을 전하러 왔다. 네가 전봉준이냐?"

"하하 전라 감영에서 나오셨다고? 겁 없는 친구구먼. 그래 무슨 영을 받아 가지고 온 것이냐? 일단 들어오시오."

정석진은 장두청 안으로 들어가 전봉준과 마주 앉았다.

"당장 농민군을 해산시키고 모두 집으로 돌려보내라. 그러면 너의 죄를 묻지 않겠다."

"하룻강아지 범 무서운 줄 모른다더니, 여기 하룻강아지가 또 한 마리 나타났군. 너는 여기 모인 백성들이 어떤 마음으로 모인 줄 알기나 하나?"

"내 알 바 아니오. 당장 농민군을 해산 시켜 집으로 보내시오!"

정석진이 전봉준에게 농민군을 해산하라고 큰 소리로 말할 때 말목 장터에는 수상한 장사꾼 10여 명이 잎담배 짐을 지고 어슬렁거리고 있었다. 그들은 어슬렁거리며 장두청 쪽을 주시하고 있었다.

'저놈들 수상해.'

눈치 빠른 농민군이 눈짓으로 말했다.

'뭐가?'

'왼손을 봐.'

'노끈이 없네. 수상한 놈들이다.'

무장한 농민군들이 우르르 몰려가 그들을 포위했다.

"손들고 무릎 꿇어!"

장사치들은 당황하며 두 손을 들었다. 무장한 농민군들이 더 달려왔다. 장사치들을 포박한 후 짐을 풀어헤치자 그 속에선 잎담배가 아니라 총, 칼 같은 게 나왔다. 그들은 정석진이 데리고 나온 군졸들이었다. 농민군들은 포박한 그들을 장두청으로 끌고 갔다.

"변장한 자들이 무기를 숨기고 들어온 것을 붙잡았습니다. 철퇴를 몸에 숨긴 놈도 있습니다."

전봉준도 놀랐지만, 더 놀란 것은 정석진이었다. 모든 게 탄로 났다는 것을 안 그는 도주하려고 몸을 날렸다.

"저놈 잡아라!"

수많은 죽창이 날아가 도주하는 정석진을 찔렀다. 죽창은 정석진의 숨을 거두어 버렸다.

"나머지 놈들은 풀어 주어라. 지시를 따를 수밖에 없었을 것이다. 돌아가되 죄 없는 농민을 해칠 생각이랑 하지 마라."

풀려난 감영군7은 몇 번이나 고맙다며 머리를 조아리더니 걸음아, 날 살려라, 하며 줄행랑을 놓았다.

그 후에도 전라 감영에서는 전봉준을 암살하려는 시도를 계속했지만 모두 실패로 끝났다.

"앞으로 어떤 일이 또 벌어질지 모릅니다. 말목 장터는 사방이 뚫려 있고 평지라서 경계하기가 힘듭니다."

"그렇습니다. 말목 장터에는 농민군이 많다 보니 수없이 많은 장사치가 몰려들고 있어요. 앞으로 점점 나쁜 놈들이 장사치로 변장하고 들어올 겁니다. 누가 우리 편이고 누가 첩자인지 구분하기 힘들 겁니다."

지도부에서는 연일 농민군의 주둔지에 대한 회의가 계속되었다.

"관군이 쳐들어오면 평지여서 우리에게 불리합니다. 지형을 잘 이용할 수 있는 곳으로 옮겨야 합니다."

---

7 감영군 : 감영에 속한 군대.

"여기는 민가가 많아 싸움이 벌어지면 민가들에 피해가 클 것입니다."

"좋습니다. 백산으로 옮깁시다!"

전봉준은 농민군을 이끌고 백산으로 이동했다. 백산은 야트막한 야산이었지만 정상에서는 사방이 훤히 보였다. 거기다 예전에 만들어진 성이 있어서 관군이 쳐들어와도 유리한 입장에서 싸울 수 있는 곳이었다.

"안심해선 안 되오. 흙으로 성을 더 쌓아서 더 든든한 성을 만들고 관군의 공격에 대비합시다."

농민군들은 흙성을 쌓으며 만일의 사태에 대비했다. 조병갑이 시킨 일이었다면 힘이 들고 짜증이 났을 것이다. 그러나 농민군들은 흙성을 쌓으며 어깨춤을 추고 노래를 불렀다. 무슨 일을 해도 힘들지 않고 힘이 났다.

이 무렵 조정에서도 고부의 농민 봉기가 심각하다는 것을 깨닫기 시작했다. 전라 감사 김문현을 감봉[8]시키고 조병갑 대신 용안 현감 박원명을 고부 군수로 내보냈다. 그뿐만

---

8 감봉 : 어떤 잘못에 대한 대가로 봉급을 줄임.

아니라 장흥 부사 이용태를 안핵사9로 파견하였다.

"이용태는 속히 내려가서 고부 지방의 소요가 어떻게 된 것인지 조사하고 잘못된 것을 찾아내 바로 고치고 두목 말고는 너그럽게 용서하라. 그리고 조병갑 말고도 잘못을 저지르는 구실아치10를 찾아내어 그 죄를 철저히 물으라."

전라 감사 김문현은 약이 바짝 올라 있었다. 전봉준 때문에 자신의 체면이 말로 다 하지 못할 만큼 구겨진 것이다. 감봉당했지, 훌륭한 관리라고 자신이 추천한 조병갑은 잡혀갔지…… 자신의 앞날에 먹구름이 낀 것이다. 이제 더 높은 자리로 올라가려고 해도 쉽지 않을 것이다. 그의 세력권인 전라에서 민요11가 일어났으니 또 어떤 처벌이 떨어질지도 모를 일이었다. 어떻게든 땅에 떨어진 자신의 위신을 높여야 했다.

'전봉준을 사로잡아 내 위신을 찾아야 해. 그러면 전하도 나를 다시 보게 될 거야. 내 정치 목줄이 간당간당해. 이번에 실패해선 안 될 것이야. 이놈 전봉준을…….'

---

9 안핵사(按覈使) : 조선 시대, 지방에 어떤 일이 터졌을 때 그 일을 조사하려고 보내던 임시 벼슬.

10 구실아치 : 조선 시대, 관아의 벼슬아치 밑에서 일을 보는 하급 관리를 이르던 말

11 민요 : 정치적이거나 사회적인 문제로 민중들이 집단으로 일으킨 폭동이나 소요.

김문현은 날랜 병사 50명을 농민군으로 변장시켰다.

그러나 고부로 들어간 그들은 곧 농민군 손에 잡혔다. 전봉준의 농민군도 경계가 삼엄했던 것이다.

2월 말. 신임 고부 군수 박원명이 부임했다. 그는 조병갑과 달랐다. 먼저 농민군 지도부를 관아에 초청해 풍성한 잔치 자리를 베풀고 그동안 고생 많았다며 위로했다.

"앞으로는 전임 군수와 같은 일은 없을 것입니다. 믿어 주십시오. 잘못된 것은 고치도록 하겠습니다. 믿고 지켜봐 주십시오."

실지로 박원명은 다른 벼슬아치들과는 달랐다.

"말은 저러면서도 또 우리를 속이는 거 아니야?"

"아닌 것 같아. 지금 해산하면 아무 처벌도 하지 않는다 잖아. 사실 속으로 좀 걱정했거든. 이제 고향으로 돌아가 농사를 지어야 하지 않을까? 죄를 묻지 않겠다잖아. 얼마나 좋은 기회야?"

농민군들의 마음은 조금씩 흔들리기 시작했고 떠나는 사람이 생기기 시작했다. 농사철이 다가오면서 마음은 더욱 흔들렸다.

고부는 모처럼 평화를 되찾은 것 같았다. 더 지켜보자는 사람들도 서서히 떠날 준비를 하기 시작했다. 전봉준과 지도부는 몇 차례 회의를 거쳐 결국 농민군을 해산시키기로 했다.

"또 앞으로 어떤 일이 터질지 모르니 무기는 잘 숨겨 둡시다."

"좋습니다. 박원명이가 저렇다 해도 다른 벼슬아치들 생각은 쉽게 바뀌지 않을 겁니다."

농민군이 해산되고 전봉준과 지도부도 어느 순간 고부에서 모습을 감추었다. 그렇게 모든 게 다 정리되는 듯했다.

농민군이 고부를 장악하고 있을 때는 농민군이 두려워 움직이지 않던 안핵사 이용태는 농민군이 완전히 고부에서 사라지자 거만한 얼굴로 고부에 나타났다. 힘깨나 쓰게 생긴 역졸 수백 명이 그 뒤를 따라왔다.

고부 군수 박원명이 깍듯이 그를 맞았다.

"먼 길 오느라 애쓰셨습니다. 이제 걱정 안 하셔도 됩니다. 동비12들은 이제 모두 집으로 돌아가 농사일에 전념하고 있습니다."

---

12 동비(東匪) : 동학쟁이.

"그래, 몇 명이나 잡아 가두었소?"

이용태는 거들먹거리며 물었다.

"무슨 말씀인지?"

"동비들을 몇 명이나 잡아 놓았냐 묻지 않소?"

"모두 잘 교화13하여 생업에 전념토록 하였습니다. 이제 고부는 조용하고 평화롭습니다."

박원명은 모두 자기 공이라 떠벌리고 싶은 마음을 애써 숨기고 공손하게 말했다.

"지금 교화라 했소? 그놈들이 교화해서 될 놈들이오? 여 봐라, 지금 당장 각 마을로 들어가 동비들을 잡아 오너라. 고부만이 아니라 부안 고창 무장까지도 샅샅이 뒤져 민요 에 가담했던 자를 하나도 남기지 말고 잡아들이라. 내, 민 요 두목을 꼭 잡고야 말 것이니라."

역졸들은 곧바로 흩어져 동학교도들을 잡아들인다고 난 리를 피웠다. 그들은 농민군을 잡는다는 구실로 온갖 만행 을 다 저질렀다. 어디서나 몽둥이를 휘둘러 사람을 다치게 했고 맘에 드는 물건이 있으면 다짜고짜 가져갔다. 여자들

---

13 교화 : 사람을 정신적으로 가르치고 이끌어 좋은 방향으로 나아가게 함.

에게 짐승 같은 짓도 서슴지 않았다.

김문현도 이용태에 뒤질세라 포졸을 풀어 동학의 주모자를 잡는다며 법석을 떨었다.

"바른대로 불어라. 동비 두목이 지금 어디에 숨어 있느냐?"

"모릅니다. 제가 어떻게 그걸 압니까."

"뭐라? 이놈이?"

"어디 네 입에서 모른단 소리가 또 나오나 보자."

사정없이 매가 떨어졌고 온 사방에서 비명이 터져 나왔다.

"니도 동비지?"

"아닙니다. 제가 무슨……."

"다 알고 왔어. 이 집도 다 태워 버려."

역졸들은 농민들의 집에 불을 지르는 일도 마다하지 않았다. 날마다 여기저기서 연기가 솟아올랐고 비명과 애원하는 소리가 끊이지 않았다.

"녹두 장군네 조소리 집도 불에 타 버렸답니다."

"세상에! 가족들은요?"

"미리 피하기는 한 모양입니다. 우리도 빨리 짐을 싸서 산으로 들어갑시다. 그리고 남이 아버지, 당신 성을 당분간 전 씨라 하지 말고 박씨라 해요."

"알았소. 서둘러요. 남이에게도 단단히 일러둡시다."

이용태와 김문현이 동학교도를 잡아들인다며 죄 없는 사람들을 괴롭히고 있을 때 전봉준은 무장에서 은밀히 활동하고 있었다. 무장은 고부에서 가까울 뿐 아니라 손화중 접주를 따르는 동학교도들이 많이 사는 곳이었다. 전봉준이 태어난 고창 당촌 마을과도 이웃해 있어서 전봉준이 몸을 숨기고 활동하기에 더없이 좋은 곳이었다. 그는 얼굴을 드러내지 않았지만, 고부의 고통을 속속들이 보고 받고 있었다.

"장군님, 고부 사람들이 모이기만 하면 장군님 이야기를 합니다. 제발 빨리 돌아와서 자신들을 구해 주면 좋겠다고 눈물을 흘리며 이야기합니다."

전봉준에게 소식을 전하는 아이는 방울이었다. 왕방울처럼 큰 눈을 가져서 방울이라 부르는 그 아이는 그냥 거지처럼 보였지만 그림자처럼 전봉준의 주위를 맴돌며 전봉준의 눈과 귀 노릇을 했다. 고부 봉기 때부터 전봉준을 따라다닌 방울이는 키가 작고 얼굴에는 눈만 붙은 것처럼 큰 눈을 지녔는데 어린 짐승의 눈처럼 순해 보여서 나이보다 더 어리게 보였다. 열다섯 살인데도 열 살쯤으로 보이는 아이였다. 게다가 몇 년을 굶은 아이처럼 깡말라 있어서 거지로 보이기는 더없이 좋은 모습이었다.

전봉준은 여러 통의 서찰을 써서 방울이 옷에 꿰매 주었다. 그 옷은 군졸들의 눈을 피하고자 온갖 땀내와 오줌 냄새까지 나는 옷이었다. 일부러 빨지 않고 입는 것이었다. 설령 잡힌다 해도 그 냄새 때문에 방울이를 밀어낼 게 뻔했다. 그만큼 냄새가 지독했다. 옷을 기운 부분 안쪽에 비밀 서찰이 숨겨져 있었다.

"부지런히 움직이거라. 김개남 접주에게는 다른 사람이 먼저 갔으니 너는 손화중 접주에게만 가서 전하거라."

방울이는 밥풀이 덕지덕지 붙은 더러운 박 바가지와 숟갈 하나를 옆구리에 차고 길을 나섰다.

전봉준은 손화중에게만이 아니라 다른 사람들에게도 이미 서찰을 보내 놓았다. 다시 일어설 때가 된 것이다.

늦은 밤, 전봉준은 손화중네 집으로 찾아갔다.

"어서 오십시오. 모두 기다리고 있습니다."

손화중은 언제나처럼 반갑게 전봉준을 맞았다. 방엔 이미 서찰을 받은 사람들이 도착해 있었다. 김개남, 김덕명과 손화중, 전라도 남접의 주요 인물들이 다 모인 것이다. 원평 집회 때부터 뜻을 같이했던 김개남, 김덕명이 다시 모인 것이다.

전봉준은 그들에게 고부 사람들이 당하는 고통을 먼저 설명했다. 이미 그들도 고부 상황을 전해 듣고 있었다.

"언제까지 우리가 저들의 신음을 듣고만 있어야 하겠습니까?"

전봉준의 음성엔 힘이 서려 있었다.

"저도 고부의 소식을 들으며 견디기 어려웠습니다. 솔직히 전 접주가 불러 주길 은근히 기다렸어요. 이제 우리 힘을 모아 고부 사람들을 구해 내어야 합니다. 우리 동학교도들이 일어선다면 농민들도 가만히 있지 않을 겁니다. 저도 더 머뭇거리지 않고 전 접주의 뜻을 따르겠습니다."

그동안 신중한 태도를 보이며 무기를 들고 일어서는 것에 소극적이었던 손화중이 주먹을 불끈 쥐며 말했다. 이용태가 고부 봉기에 나선 자들을 무조건 동학교도로 여기고 잡아들인다는 소문이 손화중 접주의 귀에도 낱낱이 보고되었던 것이다.

"그래요, 이제 우리는 죽어도 같이 죽고 살아도 같이 사는 겁니다."

그들은 서로 손을 맞잡았다. 이미 눈빛은 하나가 되어 있었다.

# 6. 일어나면 백산 앉으면 죽산

　무장에는 농민군 4천여 명이 집결했다. 무장, 고부, 태인, 정읍에서 모인 사람들이었다. 농민군은 무장 관아만이 아니라 여기저기 나누어서 모이며 식량과 무기를 확보하기 시작했다. 칼과 죽창을 든 사람이 있는가 하면 조총을 멘 사람도 보였다. 죽창을 든 사람이 제일 많았다.

　무장에 농민군이 모였다는 소문은 순식간에 사방으로 퍼졌다. 여기저기서 사람들이 꾸역꾸역 모여들었다.

　농민군 지도부는 새롭게 농민군을 정비하면서 창의소란 이름을 붙였다. 의리를 외치기 위해 모인 곳이란 뜻이었다. 포고문1도 작성하여 내걸었다. 전봉준 · 손화중 · 김개남의 공동명의로 발표된 포고문이었다.

　"잘 들으시오. 지금부터 포고문을 읽겠소."

　구수내 들판, 농민군 앞에 선 전봉준은 우렁찬 소리로 포

---

1 포고문 : 공식적인 명령이나 지시 따위를 일반에게 널리 알리는 글이나 문서.

고문을 읽어 나갔다.

사람들은 죽창으로 땅을 치고 발을 구르며 환호했다. 포고문의 내용은 탐관오리들의 비리를 낱낱이 밝히며 그들과 싸울 것을 알리는 선전포고나 다름없었다.

"이제 세 분이 힘을 모으기로 했구먼. 암 이래야지."

"세상에서 가장 귀한 게 사람이라 하네요."

"제일 귀한 사람을 개 취급했으니 그런 사람들은 싸워서 물리쳐야 해요."

"왕은 지혜롭고 총명하지만, 신하들이 도둑 같아서 아부를 일삼고 백성을 괴롭히는 벼슬아치만 득실거린다 썼구먼."

"글 한번 속 시원하지 않소? 임금은 받들면서도 탐관오리들은 호되게 비판했구먼. 나라의 위태로움은 생각하지 않고 자기 몸, 자기 집만 살찌운다고 했잖아요."

"아이구, 시원하다. 벼슬아치들의 비리를 낱낱이 까발렸네."

"이게 다 민씨들 판이어서 그런 것 아닙니까? 나라는 위태로운데 그 걱정은 안 하고 아직도 자기 배만 채우려고 벼슬자리도 돈으로 거래하다니 말이 됩니까?"

"그래요, 저들은 온갖 나쁜 짓을 하면서 성인군자인 척하고 있으니…… 나라가 다 썩었어요."

"나라의 근본은 백성이라 하는 소리 들었지요? 근본이
죽어 가는데 어떻게 나라가 잘되냐고요."

'무장기포(茂長起包)'라고도 하는 제1차 농민 혁명은 이렇
게 시작되었다.

제폭구민2, 광제창생3, 보국안민4을 위해 농민군이 일어
섰다는 소식은 곧 빠르게 주변으로 퍼져 나갔다. 포고문을
적은 두루마리를 들고 농민군 전령들은 신속하게 움직이며
포고문을 세상에 알렸다. 신속하게 말을 달려 전하는 사람
도 있었다. 전라도민이 아니라 충청도, 경상도까지 포고문
은 전달되었다.

"당연히 이래야지. 우리가 그동안 너무 숨을 죽이고 살았
어. 이제 우리도 인간답게 살 때가 온 거야."

"나도 가야겠어요. 가서 전봉준 장군을 도와 우리의 권리
를 찾아야겠어요."

"그래, 잘 생각했네. 내 다리가 이러지 않으면 나도 가

---

2 제폭구민(除暴救民) : 포악한 것을 물리치고 어려움에 부닥친 백성을 구함.
3 광제창생(廣濟蒼生) : 널리 백성을 구제함.
4 보국안민(輔國安民) : 나라님을 도와 국정을 보살피고 백성을 편안하게 함.

고 싶네. 여기서 배를 곯는 것보다 거기서 주먹밥이라도 먹으며 양반 놈들을 향해 속 시원하게 소리라도 쳐 보게."

"어르신은 응원만 해 주세요. 제가 어르신 몫까지 싸울 겁니다."

무장 기포 소식은 온 나라를 흔들었다. 포고문을 옮겨 적으며 눈물을 흘리는 사람도 있었다.

3월 20일. 무장 구수내 훈련장에 모여 있던 농민군은 전봉준을 따라 고부를 향해 힘찬 걸음을 떼었다. 그들이 굴치를 지나 말목 장터로 이동할 때 태인의 최경선도 300여 명을 이끌고 전봉준의 뒤를 따랐다. 마침내 말목 장터에 전봉준이 나타나자 기다리고 있던 농민들을 손을 번쩍 들어 올리며 환호성을 질렀다.

"장군, 어서 오십시오. 기다리고 있었습니다."

이용태에게 시달림을 받던 사람들은 무기를 챙겨 들었다. 지난번 말목 장터에 숨겨 두었던 것들이었다. 이제 어떤 것과도 싸워 이길 수 있다는 마음이 고부 농민들 가슴에 차올랐다

전봉준은 그들을 이끌고 고부 관아로 쳐들어갔다. 3월 22일 밤이었다.

"이용태부터 잡아라!"

그러나 고부관아는 이미 텅 비어 있었다. 안핵사 이용태도 고부 군수 박원명도 자취를 감추었고 여기저기 들쑤시고 다니며 농민들을 괴롭혔던 포졸들의 그림자도 보이지 않았다. 농민군이 온다는 소식을 듣고 몸을 피한 것이다.

전봉준은 옥문을 열어 그동안 죄 없이 고생한 사람들부터 풀어 주었다.

"아이구, 고맙습니다!"

"전 장군이 이렇게 다시 오시다니 이게 꿈은 아니지요?"

갇혔던 사람들은 두 손을 들고 농민군을 환영했다. 기쁨의 눈물을 펑펑 흘리며 농민군을 끌어안는 사람도 있었다.

농민군은 고부 관아에 이틀을 머물며 모든 것을 손에 넣었다. 창고에 가득한 식량과 무기가 이제 농민군 차지가 되었다.


사방팔방으로 농민군 소식이 전해지며 사람들이 백산으로 몰려들었다.

"농민군 통문5을 보고 사람들이 수천 명 백산에 모였답니다."

"무슨 소리야? 수만 명이 모였다 하던데?"

말목 장터에 모여든 사람들은 모이기만 하면 백산으로 옮겨간 농민군 이야기였다. 싸전에서도 포전에서도 주막에서도 모두 농민군 이야기뿐이었다.

"집에 있어 봐야 보릿고개라 먹을 것도 없는데 농민군이 되면 얼마나 좋아. 적어도 배는 고프지 않잖아."

"암요. 농민군은 먹을 것부터 챙긴다고 합디다. 먹을 양식을 여기저기 잘 숨겨 두었대요."

"백산에서 농민군을 새롭게 편성한대요. 늦기 전에 나도 가려고요."

"진짜 군사 못지않대요."

"전봉준 장군이 대장이래요."

"호남창의대장소를 만들어 놨으니 대장이 있어야겠지. 나 같은 사람은 대장 시켜도 못 해."

"그 큰 부대를 통솔하자면 당연히 대장이 있어야 일사불

---

5 통문 : 여러 사람의 성명을 적어 차례로 돌려 보는, 통지하는 문서.

란6하게 움직이지요. 전봉준이 연합군의 총사령관인 셈이지, 안 그래?"

사람들 말처럼 지도부는 전봉준을 총대장으로 추대했다7.

"안 됩니다. 저는 세력도 없고 입교한 지도 얼마 되지 않았잖아요. 제 지위로 총대장이라니요. 당치도 않습니다."

전봉준은 한사코 사양했다. 서른여섯에 동학에 들어갔고 서른여덟에 고부 접주가 된 것도 불과 이 년 전이었다.

"지금 우리에게 지위가 무슨 소용입니까? 우리 중에서 총대장을 정한다면 당연히 녹두, 전 접주가 맡아야지."

"그렇습니다. 그게 우리 전체 농민군 생각입니다."

총대장이 정해지자 자연스럽게 나머지 역할들도 차례로 정해졌다.


총대장　전봉준

---

6 일사불란 : 한 오리 실도 엉키지 아니함이란 뜻으로, 질서가 정연하여 조금도 흐트러지지 아니함을 이르는 말.

7 추대하다 : 윗사람으로 떠받듦.

총관령　손화중, 김개남

총관모　김덕명, 오시영

영솔장　최경선

비　서　송희옥, 정백현


　조직이 완성되면서 농민군은 더욱더 활기차게 움직였
다.

　커다란 대장기를 다시 만들어 올리고 조직별로 군율도
다잡았다.

　백산에선 연일 고함 소리가 터져 나왔다. 동도대장, 보국
안민, 제폭구민 같은 깃발이 펄럭이고 앉았다 일어섰다 하
는 모습도 보였다. 농민군들이 훈련을 받고 있는 것이다.
무기를 가진 관군들과 싸워 이기려면 농민군들도 군사처럼
질서 있게 움직여야 했다. 힘들었지만 아무도 불평하지 않
고 지도부 지시를 잘 따랐다.

　농민군이 일어서며 함성을 지르자 산은 온통 하얗게 보
였다. 흰옷 입은 사람들이 구름떼처럼 일어선 것이다.

　"보국안민!"

　"제폭구민!"

　흰 구름이 소리치며 앉자 산은 흰 구름 대신 푸른 죽창만

삐죽이 올라갔다.

"허! 일어나면 백산!"

"앉으면 죽산이 되네."

사람들 사이에서 '일어나면 백산 앉으면 죽산'이란 말이
발 달린 것처럼 사방으로 퍼져 나갔다.

# 7. 첫 승전보 황토재 전투

농민군이 '일어나면 백산 앉으면 죽산'이라는 백산에 모인 지 며칠이 지났다.

"나는 이게 꿈인가 싶어. 어찌 우리 같은 농투성이가 이렇게 한마음으로 모일 수 있는가 말이여."

"다 전봉준 장군 덕이제. 우리 힘만으로는 어림도 없지."

"근데 우리가 모인 걸 전주에서도 다 알 텐디 어찌 아무 반응이 없는 기여?"

"양반들이 얼마나 약은데. 이용태 하는 짓거리 못 보았소? 농민군을 잡으러 왔다면서 우리가 다 해산하니까 그제야 나타나 몽니1 부리는 거?"

"그렇긴 해도 전라 감영은 좀 다를 걸세. 전라 감영을 빼앗기면 전라도가 다 빼앗기는 거 아닌가?"

"그래도 봐? 어디 끔적이라도 하는가?"

---

1 몽니 : 받고자 하는 대우를 받지 못할 때 내는 심술.

"완전 겁을 먹었는가?"

사람들이 삼삼오오 이런저런 이야기를 나누고 흥이 많은
이는

"보릿고개에 배곯다가 여기 오니 노래가 절로 나오네. 가
보세 가보세 을미적 을미적 병신되면 못 가리."

하고 노랫가락을 뽑아내었다. 그러자 여기저기서 사람들이
어깨춤까지 추며 같이 노래하기 시작했다.

가보세 가보세

을미적 을미적

병신 되면 못 가리.

가보세는 갑오년(1895년)을 뜻한다. 갑오년에 힘을 모
아 일어서지 않고 미적미적 미루다가 을미년(1896)이 되
면 아무것도 못 하고 만다는 뜻이다. 고부를 중심으로 생
겨난 이 노래는 사람들 입을 타고 퍼져 백산에 모인 사람
이면 누구나 함께 노래할 수 있을 정도였다. 가보세 가보
세 을미적 을미적 병신되면 못 가리…… 간단하면서도 뜻
이 깊은, 저절로 생겨난 노래였다. 사람들은 죽창을 만들
면서도 부르고 백산에 가는 걸 주저하거나 미루는 사람들

을 독려할2 때도 이 노래를 부르며 농민군에 함께할 것을
독려했다.

사람들이 노래하는 그때, 전봉준과 지도부에서는 전주성
으로 들어갈 계획을 차근차근 짜고 있었다. 태인, 원평을
먼저 점령하고 전주까지 치고 올라간다는 계획이었다.

전봉준은 전주로 진격하기 전에 군율을 더욱 엄격히 할
필요를 느꼈다. 관군처럼 이동 중에 백성들을 함부로 대해
선 안 될 일이었다. 지도부는 머리를 맞대고 농민군이 지켜
야 할 행동 강령3을 정했다. 농민군다운 농민군, 백성을 위
하는 농민군이면서 농민군의 자존을 높이고 군율을 더욱
다잡기 위한 농민군 4대 행동 강령이었다.

첫째 사람을 함부로 죽이지 말고 백성들의 가축에도 손
대지 않는다.
둘째 충효를 다하며 세상을 구하고 백성을 편하게 한다.
셋째 일본 오랑캐를 몰아내고 나라의 정치를 바로 잡는다.

---

2 독려하다 : 감독하며 북돋아 주다.
3 행동 강령 : 정당이나 사회단체 등이 그 기본 입장이나 방침, 운동 규범 따위를
열거한 것.

넷째 서울로 쳐들어가 권세 부리는 자들을 모조리 쳐부
순다.

'이제 준비는 다 끝났다. 우리의 힘으로 일본 오랑캐와
나라의 썩은 관리들을 몰아내는 거다.'
전봉준은 깊은 밤에도 백산 구석까지 살펴보며 전주로
갈 준비에 만전4을 기하고 있었다.

김문현은 사태가 심각하게 돌아감을 깨닫기 시작했다.
게다가 농민군이 전주로 진격할 준비를 하고 있다는 소식
은 그를 안절부절못하게 했다.
'내 힘으로 동비들을 물리쳐서 그동안 추락한 위신 좀 세
우려 했더니 도저히 안 되겠다. 백산에 무지무지하게 모였
다지?'
김문현은 부랴부랴 백산의 상황을 조정에 보고하고 자신
이 거느릴 수 있는 모든 군대를 동원했다. 김문현이 믿는
것은 정식 군사 훈련을 받은 무남영 부대였다. 지난 3월 원

---

4 만전 : 조금도 허술함이 없이 아주 완전함.

평 집회를 보고 놀란 김문현이 새로 만든 부대로 400명 정도였다. 거기다가 고을에서 끌어모은 향병이며 도내의 모든 보부상5까지 끌어모아 군대의 수를 늘렸다. 나라에서는 보부상들이 장사할 수 있도록 힘이 되어 주는 대신 나라에 인력이 필요하면 이런 식으로 동원하곤 했다.

조정에서도 홍계훈을 양호초토사6로 임명하고 훈련이 잘 된 장위영 병정 800명을 전함에 태워 군산항으로 보내기로 했다. 이들은 외국에서 들여온 신식 무기에 대포까지 소유하고 있었다.

김문현은 이경호에게 감영군 700여 명을, 송봉희에게는 보부상 600여 명을 지휘하게 하여 농민군과 맞서게 했다.

갑오년 4월 초, 이경호가 이끄는 감영군은 백산으로 진격하며 마을 사람들에게 온갖 행패를 다 부렸다. 먹을 것을 요구하고 가축을 맘대로 잡아다 먹고 금붙이7도 함부로 약탈했다. 술에 취해 비틀거리는 보부상은 노래까지 하며 행

---

5 보부상 : 예전에, 봇짐장수와 등짐장수를 아울러 이르던 말.
6 양호초토사(兩湖招討使) : 충청도와 전라도 토벌군 사령관. 초토사는 조선 시대, 나라에 변란이 있으면 이를 평정하기 위하여 중앙에서 임시로 보내던 관리.
7 금붙이 : 순금이나 18금 따위, 금에 속하는 금속.

군했다. 일반 백성을 존중하고 예의를 갖추었던 농민군과
는 전혀 다른 모습이었다. 농민군은 이동 중에도 백성들에
게 폐가 될 행동을 하지 않았다. 한창 보리가 자랄 철이어
서 보리밭 가를 지날 때는 조심스럽게 이동했고 실수로 보
리를 밟게 되면 곱게 쓰다듬으며 세워 놓고 갔다. 농민군은
행동 강령을 잘 지켰다. 관군에 대한 원성은 농민군에 대한
신뢰로 이어졌다. 관군이 나타나면 쌀 한 톨이라도 숨기기
에 바빴지만, 농민군이 지나가면 쉬어 가라, 권하고 주먹밥
을 만들어 오기도 했다.

"장군님, 감영군이 우리 쪽으로 오고 있다고 합니다."

"2천 명이라고도 하고 3천이라고도 합니다."

거리를 좁혀 오는 감영군의 소식은 전봉준에게 바로 보
고되었다.

4월 6일. 감영군의 총소리가 가까이 들리기 시작했다. 감
영군은 동진강의 화호 나루를 건너 진을 치고 계속 백산을
향해 총을 쏘아 대며 더 바짝 코앞으로 다가왔다.

"작전대로 하여라. 후퇴! 속히 후퇴한다!"

농민군은 지시대로 후퇴하기 시작했다.

"저런 겁쟁이를 보았나. 허긴 이런 신식 무기는 첨이겠
지?"

총을 빵빵 쏘아 대며 우쭐대던 감영군은 백산의 농민군이 조용히 후퇴하기 시작하자 신바람이 났다.

"그럼 그렇지. 네놈들이 안 도망가고 배기냐? 앞으로!"

감영군을 지휘하는 이경호는 의기양양[8]해서 큰 소리로 진격 명령을 내렸다. 농민군이 감영군을 황토재로 유인하는 줄도 모르고 감영군은 농민군을 쫓고 쫓았다. 농민군은 두 대로 나뉘어 후퇴하고 있었다. 무서워서 도망가는 꼴이었다.

"하하하! 저놈들 봐라. 우리가 무섭긴 무서운 모양이다. 꽁무니가 빠지게 도망가는구나."

이경호는 한껏 여유를 부렸다. 이렇게 농민군을 쉽게 이기면 자신의 명예는 더 높아질 것이고 더 높은 벼슬자리도 생길 것이다. 상상만으로 즐거웠다.

"저런 죽창 따위로 우리 신식 무기를 당할 수는 없지."

비가 내리기 시작했다. 관군은 계속 쫓았다. 그런데 어느 순간 농민군이 재빨리 눈앞에서 사라졌다. 지형을 잘 아는 농민군이 재빠르게 숨어 버린 것이다. 감영군은 제풀에 지

---

8 의기양양 : 뜻한 바를 이루어 우쭐거리며 뽐내는 모양.

친 기분이 들었다. 비가 내린 황톳길은 발을 무겁게 했다.

"저놈들이 싸우지도 않고 자꾸 도망만 가. 다 어디로 숨었지?"

"이제 우리가 무서워서 나서지 못할걸요?"

그러다가 감영군은 두승산을 중심으로 농민군과 마주하게 되었다. 감영군은 황토재 아래 등성이에, 농민군은 황토재 위로 올라가서 진을 친 것이다. 농민군은 후퇴하는 척하며 유리한 고지를 차지했고 적을 눈 아래로 유인한 것이다. 거기다 전봉준은 힘 좋고 용기 있는 농민군 수십 명을 보부상으로 변장 시켜 보부상군 속에 침투 시켜 놓고 있었다. 농민군은 만약을 대비해 주먹밥까지 준비해 놓고 있었다.

"왜 저놈들은 도망만 가고 아무 소리 없는 거야?"

"우릴 보고 겁이 나서 움쩍대기나 하겠어?"

짚더미를 쌓고 몸을 숨긴 농민군은 밑에서 보이지 않았다.

밤이 되어 짙은 안개까지 끼자 앞은 보이지 않았다. 한 치 앞도 보이지 않았다.

"저놈들이 쳐내려오지 않을까?"

"왠지 으스스하네."

관군들이 수군대는 소리가 들리기 시작했다. 농민군 진영은 괴괴하리만큼9 조용했다.

"겁먹은 작자들이 오긴 뭘 오겠어. 우린 신무기가 있잖아. 그깟 죽창으론 어림없어."

"어 춥다. 불 좀 피우자."

관군은 소나무를 베어 불을 밝히고 소까지 잡아 대며 저녁상을 차렸다. 소고기 냄새가 사방으로 퍼져 나갔다.

"히히, 저놈들도 이 냄새는 맡겠지?"

"야, 이 겁쟁이들아, 이리 와서 이거 한 점 먹어라."

"하하하, 겁이 나서 먹겠냐? 누구네 소인지 거참 맛있다."

오는 길에 민가의 소를 잡아 온 것이다. 소 주인이 울면서 사정했지만 감영군이 억지로 끌고 온 것이다.

"밥만 먹어서 되겠소? 한잔합시다."

"자 우리의 승리를 위해 건배! 벌써 이기긴 했지만."

감영군들은 곧 거나하게 취했고 자정이 가까워지자 술을 이기지 못하고 꾸벅꾸벅 졸기 시작했다. 농민군들은 어둠

---

9 괴괴하다 : 쓸쓸한 느낌이 들 정도로 아주 고요하다.

속에서 재빨리 움직이며 공격하기 좋은 위치에 몸을 숨겼다. 술 취한 감영군들은 완전 포위되어 있었다.

아직 동이 트기 전, 술에 취한 감영군이 완전히 잠에 떨어졌을 때, 갑자기 농민군 쪽에서 총을 쏘며 공격하기 시작했다.

"공격! 한 놈도 남기지 말라!"

"어? 이게 꿈이야? 누가 소리친 거야?"

술에 취하고 잠에 취해 있던 감영군은 맥없이 쓰러졌다. 농민군은 위에서 내려오며 공격했고 밑으로 도망가는 감영군을 향해 밑에서도 공격하며 올라왔다. 감영군은 완전히 포위되어 있었다.

농민군은 계속 공격하며 한쪽 길만 터 주었다. 보부상으로 가장하고 관군 속에 섞여 있던 농민군들이 소리쳤다.

"우리가 치고 올라갑시다."

"좋아요. 갑시다."

같이 맞장구를 치며 위로 올라가자고 부추겼다. 위로 올라가자 갑자기 산 위에 숨어 있던 농민군들이 일제히 일어나 공격했다. 으악! 으악! 으악!……. 날이 밝았다. 아수라장이 된 전쟁터 모습이 눈에 보이기 시작했다.

"흰옷 입은 향군10은 쫓지 말라! 억지로 끌려온 죄 없는 백성이다!"

검은 옷을 입은 감영군과 등에 붉은 도장이 찍힌 보부상들만 추격해 전멸시켰다.

"만세 우리가 이겼다! 전봉준 장군 만세!"

논에도 감영군의 시체가 즐비하게 널브러져 있었다.

"막사에는 군량미가 400석이나 있습니다."

"대포가 하나, 소총 600자루가 우리 것이 되었습니다."

"칼도 아주 많이 모아 놓았습니다."

농민군들은 신이 나서 전봉준에게 보고했다.

"무기는 잘 정리하고 손봐서 우리가 쓰고 식량은 마을 사람들에게 나누어 주면 좋겠소."

쌀을 받은 주변 마을 사람들은 크게 기뻐하며 만세를 불렀다.

첫 전투 황토재 전투에서의 대승으로 농민군의 사기는 하늘을 찌를 듯했다. 전봉준은 이럴 때일수록 행동 강령을 잘 지켜 줄 것을 다시 강조했다.

---

10 향군 : 조선 시대에, 지방에서 뽑아 올리던 군병.

"그럼요. 우린 날강도 같은 감영군과는 다른 게요."

"하모 우리가 진짜 군대다. 함부로 날뛰지 말자."

농민군은 마을 사람들의 환영을 받으며 다시 길을 떠났다.

"이제 어디로 간답디까?"

"전주로 간답디다."

"아이고, 늠름하기도 해라."

농민군은 가는 곳마다 주민들의 환호를 받았다. 술동이를 준비해 온 사람도 있었고, 어느 마을에서는 곧 지나간다는 소식을 듣고 밥을 준비하기노 하너 크게 환영했다. 관군들에게는 빼앗기지 않으려던 백성들이 농민군들에게는 앞다투어 주지 못해 야단이었다.

"꼭 성공해서 나쁜 벼슬아치들을 싹 쓸어 줘요."

"우리도 사람답게 살게 해 줘요."

"이제 우리도 사람대접받으며 살 수 있겠지요?"

"흰옷 입은 향군은 다 살려 보냈답니다. 억지로 동원된 사람이라고."

"고맙기도 하지. 과연 녹두 장군은 우리 힘없는 사람들 편이오."

눈물을 글썽이는 사람이 한둘이 아니었다.

조정의 명을 받고 장위영의 병정 800여 명을 이끈 양호 초토사 홍계훈은 인천에서 군함을 타고 군산곶에 내렸다. 군함에서 내려 전주로 행군하는 동안 관군의 수는 점점 줄어들었다.

"농민군이 황토현에서 대승을 거두었대."

"뭐라? 농민군이 그 정도야?"

"그 전봉준이라는 자는 요술도 부린대요. 총알을 쏘면 손에 다 잡아들여서 총을 쏜 사람에게 휙 던진답니다."

관군은 슬금슬금 눈치를 보며 달아나기 시작했다. 황토재의 농민군 승리와 전봉준에 대한 이야기는 더 부풀려지며 관군들 가슴을 서늘하게 했다. 관군은 4월 10일에 전주에 도착했지만, 출격 명령은 떨어지지 않았다.

"홍계훈도 겁을 먹은 것 같아."

"그러게 우리도 내빼자고. 차라리 우리도 전봉준 진영으로 가자고. 사실은 내 친구도 그리로 갔어."

황토현 전투 이야기는 전국으로 퍼져 나가며 사람들에게 큰 감동과 용기를 주었다. 농민군들이 뭉치고 일어나 관아를 습격하고 양반 토호11를 잡아 혼내 주었다는 소식이 날마다 전해졌다. 사방에서 동학도가 되어 전봉준과 함께하겠다는 사람들이 늘어났다.

"이봐, 농민군들이 양반 불알을 깠대."

"아니, 그게 무슨 소리야?"

"글쎄 충청도 진잠에 재상을 지낸 신응조의 손자 신일영과 그 가족을 붙잡아 혼꾸멍을 냈다는 거야."

"거기서 불알을 깠다는 거야?"

"어, 그렇대. 도둑의 종자는 씨를 말려야 한다고 했단다."

"얼마나 사람들을 괴롭혔으면…… 신일영의 아들을 묶어 놓고 거세12해 버렸대요."

"그러니까 사람 무서운 줄을 알아야지."

"이게 다 녹두 장군의 영향이야. 힘없는 우리가 힘을 내도록, 약한 사람도 뭉치면 힘을 만들 수 있다는 것을 가르쳐 준 거라고."

농민군의 전주 진격 소식으로 조정 대신들까지 전전긍긍13하고 있을 때, 청나라의 위안스카이14는 발 빠르게 움

---

11 토호 : 지방에서 재력과 세력을 바탕으로 양반 행세를 할 정도로 힘을 과시하는 사람

12 거세 : 사람이나 짐승의 생식 기능을 제거함.

13 전전긍긍 : 매우 두려워하여 벌벌 떨며 조심함.

14 위안스카이 : 중국의 정치가(1859~1916).조선의 임오군란·갑신정변, 중국의 무술정변에 관여하였으며, 의화단 사건 후 총독, 북양(北洋) 대신이 되었다. 신해혁명 때는 전권을 장악하여 선통제를 퇴위시키고, 1913년에 대총통에 취임하였으며, 1916년에 제위에 오르겠다고 선언하였으나 반대에 부딪쳐 실각하였다.

직였다. 그는 우리 사정을 염탐하기 위해 군사 17명을 전주로 보냈다. 그들은 홍계훈의 보호를 받으며 관군과 같이 행동했다.

일본에서도 장사꾼으로 가장한 염탐꾼을 보내 우리나라 사정을 살피게 했다. 이미 일본 기자들도 들어와 있었다.

청나라와 일본, 두 나라는 이 기회에 자신들의 힘을 발휘해 조선에서의 영향력을 키우려 애쓰고 있었다.

# 8. 총알 먹는 장태, 황룡강 전투

황토재 전투에서 보란 듯이 승전보를 전한 농민군은 기수1를 남쪽으로 돌렸다. 처음 계획대로라면 바로 전주성을 향해야 하겠지만 전봉준의 생각은 농민군의 사기를 더 높여 힘을 극대화할 필요가 있다고 생각한 것이다.

'아직은 때가 아니다. 남쪽으로 우회하며 전주를 쳐도 늦지 않나. 그리고 우리의 정당함을 세상에 널리 알려야 한다.'

남쪽으로 내려가는 동안 농민군의 수는 점점 불어났다. 홍계훈의 관군은 멀리서 농민군의 뒤만 따라갔다.

농민군은 정읍, 고창, 무장의 관아를 차례로 점령하며 옥에 갇힌 사람을 풀어 주고 무기와 식량을 손에 넣었다. 백성들에게 못된 짓을 한 악질 수령과 아전들도 잡아들여 혼냈다. 무장에서는 원성이 높은 악질 구실아치 10여 명, 토

---

1 기수 : 기를 들고 신호하는 일을 맡은 사람.

호 수십 명을 사형시키기도 했다. 홍계훈이 이끄는 관군이 뒤따르고 있었지만, 농민군은 기죽지 않았다. 그들의 사기는 하늘을 찌를 듯했다.

무장을 거쳐 영광에 들어온 농민군은 관아를 점령하고 나흘 동안 머물렀다. 여기서 농민군은 군복을 새로 만들어 입고 충분히 휴식을 취했다.

출발! 4월 16일 농민군은 다시 힘찬 발걸음을 내디뎠다. 전주로 향하는 농민군의 모습은 처음과는 다른 모습이었다. 군복 때문만은 아니었다. 나흘 동안 영광에 머물며 대열을 새롭게 편성하고 휴식을 취했기 때문에 힘이 넘쳤다.

농민군이 대열을 갖추고 행진하는 모습은 구경하는 사람들의 마음을 사로잡았다. 그들은 행진 중에 뒤로 돌아섰다가 다시 걷기도 하는 등 다양한 모양을 만들어 가며 행진했는데 그 모습이 얼마나 절도2가 있던지 구경하는 마을 사람들이 박수를 보내기도 했다.

"이 정도면 아무리 많은 관군이 와도 이기겠어."

---

2 절도 : 말이나 행동, 생활에 있어서 알맞은 한도를 지키게 하는 기준.

"암만. 전주성을 점령하는 것도 시간문제랑께. 나도 가서 싸워야겠어."

일하다 말고 농기구를 내팽개치고 농민군에 합류하기도 하고 나무를 하다 말고 달려온 나무꾼도 있었다. 아무나 받아 주어서는 기강이 무너지고 오합지졸3이 되기 쉽다. 더구나 배고픈 가족 전부를 끌고 나온 가장도 있었다. 이렇게 되자 이들을 통제하고 선별해서4 농민군으로 받아들일지 감시하고 선별하는 농민군까지 두어야 했다.

"제발 받아 주시오. 내가 살던 집까지 불 지르고 나왔소. 제발 빈아 주시오."

이런 사람까지 나타났으니 농민군의 사기는 하늘을 찌르고도 남았다. 스스로 자랑스러워했다.

"정지! 여기서 점심을 먹고 다시 전진한다."

농민군이 행진을 멈추었다. 장성 땅 황룡강이 농민군 옆으로 도도히 흐르고 있었다.

"배가 고프니 주먹밥이 꿀맛이네."

농민군들이 강변에 자리한 월평 장터에서 맛있게 점심을

---

3 오합지졸 : 임시로 모여들어서 규율이 없고 무질서한 병졸 또는 군중.
4 선별하다 : 여럿 중에서 가려서 따로 나누거나 골라서 추려 내다.

먹을 때였다. 느닷없이 총알이 날아와 점심 먹는 농민군을 쓰러뜨렸다. 이학승이 이끄는 관군의 기습 사격을 받은 것이다. 홍계훈의 명을 받고 이학승이 군사 3백 명과 향군을 이끌고 농민군 앞에 나타난 것이다.

"삼봉으로! 삼봉으로 피하라!"

농민군은 재빨리 무기를 챙겨 뒷산으로 후퇴했다.

많은 수의 농민군에게 겁을 먹었던 이학승은 도주하는 농민군을 보자 자신이 생겼다.

"쫓아라! 적은 오합지졸이다."

이학승은 신이 났고 관군도 자신 있게 농민군을 쫓아갔다. 어느새 농민군은 위에서 관군을 내려다보는 위치에 있었다.

"장태 부대 준비!"

"진격!"

농민군은 대나무로 만든 둥근 통을 굴리며 관군을 향해 공격하기 시작했다. 아주 재빠른 동작이었다.

장태는 대나무로 만든 비장의 무기였다. 대나무로 둥그스름하게 통을 만들어 잘 굴러가게 만든 그것은 큰 닭집처럼 보였지만 그건 닭집이 아니었다. 장태 밖에는 창과 칼을 삐죽삐죽 꽂아 커다란 고슴도치 같은 모습을 하고 있었다.

두 개의 바퀴까지 달려 있어서 내리막길을 빠르게 굴러갔다.

"어? 어? 저게 뭐냐?"

"닭장 같습니다."

장태를 처음 본 관군은 화들짝 놀라며 총탄과 화살을 날렸지만 모두 대나무 통에 박히고 말았다. 장태는 관군의 공격에도 아랑곳하지 않고 재빠르게 굴러갔다. 농민군은 장태 뒤에 몸을 숨기고 총을 쏘며 공격했다. 장태 뒤에 숨어서 공격해 내려오다 관군의 공격으로 쓰러지는 사람도 있었지만, 전세는 농민군에게 유리하게 돌아가고 있었다.

"도대체 저 닭장 같은 게, 도대체!"

이학승은 발을 동동 굴렀다.

"저런! 저런! 맞서 싸워야지. 왜 사방으로 메뚜기처럼 도망가."

관군이 도망가기 시작했다. 장태 뒤에 몸을 숨기고 공격하는 농민군을 당해 낼 수가 없었다. 처음 보는 장태에 지레 겁을 먹은 관군도 많았다.

"추격하라! 살려 두지 말라!"

그날 농민군은 끈질기게 추격해 관군 100여 명을 죽이고 대포 2문, 총 100여 정을 노획하는 큰 성과를 거두었다. 달아나던 지휘자 이학승도 도망치다 붙잡혀 목숨을 잃었다.

장태를 이용해 관군을 물리친 승전보는 부풀려지며 사방으로 퍼져 나갔다. 관군의 대포에서 물이 쏟아졌는데 녹두 장군이 신통력을 썼기 때문이라는 소문부터 총알이 비처럼 쏟아져도 녹두 장군은 모두 피한다는 이야기까지 끝이 없었다.

"아무튼 전봉준 장군은 신령한 분이야."

"그러니까 그 무시무시한 관군을 물리치지."

백성들의 환호를 받으며 농민군은 다시 전열을 가다듬었다. 승리의 나팔, 행진의 나팔을 울리며 갈재를 지나 원평으로 향했다. 4월 26일 농민군은 금구 원평에 도착했다. 동학의 지도부들이 수없이 다녔던 고장, 원평. 원평의 대장소에 들어선 전봉준과 지도부의 얼굴은 어느 때보다 밝고 환했다.

"장군님, 홍계훈이 보낸 사람들이 찾아왔습니다."

그들은 왕의 편지인 윤음을 가지고 온 사람들이었다.

"그래 무엇 때문에 나를 찾아왔느냐?"

"전하께서 윤음을 보내 농민군을 해산하라고 명하셨습니다."

"그럴 수 없다. 우리가 하는 일은 백성과 나라를 위한 일이다."

왕의 편지를 읽지 않고 그들은 여러 사람 앞에서 처형되었다. 그들이 몸에 지니고 있던 여러 문서도 시체 위에 던져졌다. 다섯 명이었다. 내탕금5 1만 냥도 농민군 손에 들어왔다.

이제 농민군은 임금에 맞선 역적이 된 것이다. 전봉준은 역적으로 몰릴 것을 알면서도 자신의 의지를 분명히 한 것이다.

밤이 깊었다. 경계를 서는 농민군 말고는 모두 잠든 깊은 밤. 전봉준은 전주성 쪽을 바라보았다.

'전주를 점령하고 한양으로 간다!'

그는 두 주먹을 불끈 쥐었다.

---

5 내탕금 : 조선 시대, 임금이 개인적으로 가지고 있던 재물.

# 9. 전주성을 점령하다

4월 27일 새벽. 전주 서문 밖, 전주의 입구인 용머리 고개에서 큰 함성이 터져 나왔다. 농민군이 전주로 진입한 것이다. 풍남문이 어렴풋이 보였다. 마침내 전주성을 점령하기 위해 농민군은 용머리 고개까지 온 것이다. 농민군이 여기까지 올 수 있었던 것은 백성을 위하고 섬기는 전봉준의 마음이 그대로 농민군에게 이어졌기 때문이다. 동학교도가 아닌 일반 백성들도 앞다투어 농민군에 들어오고 싶어 했고 아녀자들도 할 수 있는 모든 성원을 아끼지 않았다. 죽창만 들지 않았을 뿐 그들은 농민군과 한마음이었다.

전봉준이 이끄는 농민군의 규율은 날이 갈수록 엄격해졌다. 일반 백성의 사소한 물건이라도 함부로 빼앗거나 부녀자에게 나쁜 짓을 하면 당장 잡아다 농민군이 모인 앞에서 그 죄를 따지며 벌을 주었고 목까지 침으로써 다시는 그런 행패를 부리지 못하게 철저히 교육하고 단속했다. 그랬기 때문에 농민군의 대오[1]는 항상 질서가 잡혀 있었고 복장도 단정했다. 농민군은 더욱 질서를 지켰고 농민군이란 자부심도 대단했다.

전주성으로 들어가기 위해 농민군은 서문으로 향했다. 서문은 굳게 닫혀 있었고 서문 근처는 연기가 자욱했다. 감사 김문현이 도망가며 서문 근처의 민가에 불을 질렀기 때문이다. 수많은 민가가 활활 타올랐다.

"동비들이 민가 지붕에 올라 전주성으로 올라오는 것을 막아야 한다. 민가에 불을 질러 동비들이 지붕 위로 올라가지 못하게 하라!"

이날은 서문 장날이었다. 아무것도 모르는 장꾼들이 꾸역꾸역 모여들었다.

김문현을 비롯한 악질 벼슬아치들은 서둘러 도망을 쳤다. 남아 있던 구실아치와 사령들이 문을 열어 주었다. 가마를 타고 도망가던 김문현은 가마를 버리고 허름한 옷과 해진 짚신을 주워 신고 피난민 속에 섞여 도망간 뒤였다.

---

1 대오 : 편성된 대열의 줄.

농민군은 손쉽게 전주성을 차지했다. 전봉준과 지도부는 비어 있는 선화당2에 대장소를 차렸다.

"지금부터 억울하게 갇힌 죄수들을 풀어 주고 곡식 창고를 풀어 불쌍한 사람들에게 나누어 주도록 하시오."

이런저런 일을 처리하며 혹시라도 농민군이 죄 없는 사람을 괴롭히는 일이 없도록 세심한 배려를 잊지 않았다.

"잘 들으시오. 사사로운 감정으로 사람을 괴롭히거나 해코지하는 자가 있으면 엄단할 테니 사람들에게 피해가 가지 않도록 특히 조심하시오. 특히 서문 근처 불에 타 버린 집 중에서 생활이 어렵게 된 집을 찾아 특별 조치하고 관리 중에서 주민을 괴롭힌 자는 크게 혼낼 것이나 큰 과오가 없는 사람들은 너그러이 용서하도록 하시오."

전봉준은 무기 창고도 모두 열어 농민군의 것으로 만들었다.

전주성은 질서를 찾으며 활기를 띠기 시작했다. 그동안 백성을 괴롭히던 벼슬아치들이 다 사라지고 농민군이 차지

---

2 선화당 : 선화당은 동학농민혁명 당시 전라감사 김학진의 집무실로 전라도 행정과 권력의 상징이라고 할 수 있다. 전봉준 장군은 김학진과의 타협 이후 이곳 선화당에 집무하면서 김학진과 함께 전라도 일대의 행정을 장악했다.

했기 때문이다. 농민군도 모처럼 여유로운 마음으로 휴식을 즐겼다. 무기나 군복을 손질하기도 하고 이가 버글거리는 속옷을 빨기도 했다.

농민군의 꽁무니를 따라 진군하던 홍계훈은 전주성이 쉽게 무너졌다는 소식을 듣고 금구에서 밤을 새우고 나서 날이 새자 전주 완산에 진을 쳤다.

'더 물러날 수가 없다. 신무기를 최대한 이용해서 동비들을 격퇴해야 한다. 그리고 이제 숨길 수만은 없다. 조정에 보고해야겠어.'

농민군이 전주성 사대문을 철저히 지킬 때 관군은 전주성을 완전 포위하고 완산의 7봉을 비롯한 주변 산에 진지를 구축했다. 관군의 높은 진지에서는 전주성 안이 환하게 들여다보였다. 완산의 중요성을 미처 생각하지 못한 농민군이었다.

5월 1일 남문에서 농민군이 나와 먼저 공격하자 관군은 회선포3를 발사하며 농민군을 격퇴했다. 회선포에 놀란 농

---

3 회선포 : 총포의 내부에 나사 모양으로 판 홈에 넣은 포를 이르는 말.

민들은 혼비백산4 남문으로 후퇴하며 문을 걸어 잠갔다. 서문 쪽 농민군은 칼춤을 추며 장태를 밀고 올라갔다. 그러나 위에서 내려다보이는 불리한 위치에 있었고 장태를 밀고 올라가는 게 힘들어 장태의 위력은 한계를 드러냈다. 서문 쪽 농민군도 후퇴하지 않을 수 없었다. 평지에서 큰 힘이 되었던 장태는 큰 힘을 내지 못했다.

홍계훈은 모처럼의 기회를 놓치지 않았다. 전봉준을 붙잡아 오면 큰 상을 내린다는 전단을 성안에 뿌렸다.

"이것 봐. 주모자5 말고는 다 용서한다고 했네."

"관속이나 사령들도 투항하면 용서한다 했어. 직함을 몸에 써 붙이고 투항하래6."

"흥, 이런다고 누가 녹두 장군을 잡아가겠어. 어림도 없는 소리지."

농민군들은 이런 전단에 꿈쩍도 하지 않았다. 황토현의 첫 승리와 장성 황룡강 승리, 전라도의 심장인 전주성 점령

---

4 혼비백산 : 혼백이 사방으로 흩어진다는 뜻으로 매우 놀라거나 혼이 나서 넋을 잃음을 이르는 말.

5 주모자 : 주장하여 어떤 일이나 음모를 꾸미는 사람.

6 투항하다 : (사람이) 무기를 버리고 적에게 항복하다.

으로 농민군의 사기는 한껏 올라 있었다.

농민군과 관군의 싸움은 치열했다. 양쪽 모두 큰 손해를 입었다. 농민군 사이에서 용감하기로 소문난 선봉장 김순명이 숨을 거두었고 열네 살 소년 장사 이복용도 완산 칠봉 아래서 밀고 밀리는 싸움 끝에 목숨을 잃었다.

관군은 더욱더 강하게 밀고 나왔다. 관군이 성안에 대고 쏜 대포는 500m 이상 날아가며 농민군의 혼을 빼놓았다.

관군의 공격이 거칠어지고 농민군이 밀리는 형편이 되자 농민군의 마음은 조금씩 흔들리기 시작했다. 거침없는 대포의 공세와 미음을 휘어잡는 전단의 상금이 어느새 농민군의 마음을 흔들기 시작한 것이다. 거기다 성 밖을 완전히 에워싸고 있어서 모든 것이 차단되고 고립된 것도 불안한 마음을 부채질했다.

"소문 들었소?"

"무슨?"

"몇몇 장수들이 전 장군을 잡아 바치려 한답니다."

"뭐라고요? 누가 그런 짓을?"

"거금의 상금으로 유혹하니 어찌 그 유혹을 이기겠습니까?"

"그렇다고 전 장군이 잡혀가겠습니까? 장군은 총알도 다

잡아 버리는 분 아닙니까?"

"아무리 그래도 관군이 저렇게 우리를 에워싸고 점점 조여 오니 어쩌면 좋습니까?"

"그래도 이런 말 함부로 하지 마세요."

"내가 바보유? 아무 데나 가서 하게?"

그러나 소문은 은밀히 퍼지고 있었다.


황토현, 장성 황룡강의 패배와 전주성 함락은 조정에 큰 충격을 주었다.

"전하, 이대로 가다가는 한양도 저들 손에 넘겨주게 되겠습니다. 윤음을 가져간 자들을 단숨에 처단한 저들입니다. 기대를 버리십시오. 이제 저들은 누구의 말도 듣지 않을 것입니다. 하루속히 청나라에 군사를 보내 달라고 청해야 합니다. 청나라 군사로 동비들이 올라오지 못하게 막아야 합니다."

나라의 앞날을 생각지 않고 자신들의 권력만 지키기에 급급한 민씨 정권은 마침내 왕의 마음을 움직여 청나라에 급하게 구원병을 요청하고 말았다. 백성을 괴롭히는 탐관오리들의 횡포는 농민군을 일으키게 했고 끝내는 이 나라를 청일전쟁의 싸움터로 내주는 꼴이 되고 말았다.

기다렸다는 듯이 청나라 군사 1,500명이 아산만으로 들어왔다.

"아주 잘되었어. 일본이 조선을 삼키기 전에 우리가 조선을 차지해야지. 조선은 예로부터 우리에게 조공도 바치지 않았던가."

그러나 일본도 바로 3,000병력을 인천항에 주둔시켰다. 일본은 이런 날이 오리라는 것을 예상하고 군비 증강에 힘을 쏟고 있었고 여러모로 청나라보다 발 빠르게 조선을 주무르고 있었다. 다 된 밥을 청나라에 거저 줄 수는 없다고 생각한 것이다.

조정은 크게 당황했다. 전봉준의 마음을 다독여 농민군을 해산시켜야 두 나라 군대를 철수시킬 수 있을 터였다.

"전봉준의 요구를 들어주시오."

마침내 조정의 허락이 떨어졌다.

두 나라 군대가 들어오는 등 급변하는 정세에 전봉준도 더 버틸 수가 없었다.

'이 나라를 전쟁터로 만들 수는 없다.'

전봉준과 새로 온 전라 감사 김학진과의 휴전은 그렇게 진행되고 있었다. 전주 화약, 전주에서 화목하게 지내자고 맺은 약속이었다. 농민군은 자신들이 요구를 전주 화약에 모두 담았다. 당시로써는 파격적인 요구였다.

1 동학교도와 조정 간의 오래된 감정을 씻어버리고 서
로 협력하여 모든 일을 처리할 것

2 탐관오리의 모든 죄를 조사하여 벌줄 것

3 악질적인 부호를 벌줄 것

4 불량한 유림[7]과 양반을 벌줄 것

5 노비 문서를 불태워 없앨 것

6 칠반천인[8]의 처우를 개선하고 백정의 머리에 쓰는 평
양립[9]을 없앨 것

7 청상과부[10]의 재혼을 허락할 것

8 나라에서 정하지 않은 잡부금을 모두 없앨 것

9 관리 채용에 있어서 지벌[11]을 없애고 인재를 고루 뽑
아 쓸 것

---

7 유림 : 유학을 신봉하는 무리.

8 칠반철인 : 조선 시대, 천시되던 일곱 부류의 사람을 통틀어 이르던 말로 노비,
기생, 상여꾼, 갖바치, 무당, 백정, 승려같은 사람들이다.

9 평양립 : 패랭이. 대나무를 가늘게 오려 만든 갓의 일종.

10 청상과부 : 젊은 나이에 남편이 먼저 죽어서 혼자가 된 여자.

11 지벌 : 지역연고.

10 일본의 앞잡이 노릇을 하는 자를 엄하게 다스릴 것

11 공사(公私)의 모든 채무를 없앨 것

12 토지는 골고루 나누어 농사짓도록 할 것


12개 조항의 전주 화약. 농민군이 목숨을 걸고 얻은 값진 대가였다.


1894년 5월 7일 조정으로부터 12개 항의 폐정12개혁을 약속 받고 농민군은 해산했다. 벼슬아치들의 말을 믿어선 안 된다고 끝까지 싸워 서울로 올라가자는 장수들도 있었지만 결국은 전주 화약이 성립됐고 농민들은 모두 집으로 돌아갔다.

지도부에서도 반대 의견이 없지 않았던 전주 화약을 맺었던 데는 여러 가지 이유가 있었다.

먼저 톈진 조약. 10년 전 청나라 톈진에서 맺은 조약이 우리 조선에 크게 불리하게 돌아가고 있었다. 조선에 중대한 일이 벌어지면 서로 연락해서 청나라와 일본 양국의 군

---

12 폐정(弊政) : 폐단이 많은 정치.

사를 조선에 파견할 수 있다는 게 톈진 조약이다. 우리 조정의 요청으로 청군이 들어오자 일본은 톈진 조약을 핑계삼아 재빨리 더 많은 군사를 조선에 파견했다. 자기 나라 국민을 보호한다는 명분이지만 그걸 기회로 조선을 삼키려는 속셈인 것이다. 전봉준만이 아니라 온 나라가 화들짝 놀랐다. 농민군이 외국 군대를 불러들인 꼴이 되고 만 것이나. 외국 군대를 철수시키려면 농민군을 해산시킬 수밖에 없었다.

또 하나 농민군 대부분이 전라도 농민이었다. 처음 목표대로 한양까지 올라가기 위해선 충청도와 경상도 쪽 농민들이 함께 일어나지 않는다면 어려운 일이었다. 전주성을 쉽게 손에 넣었지만 그 이후 계속되는 패배로 농민군의 기세는 꺾여 있었고 농사철이 돌아오자 농민들은 돌아가 농사일을 하고 싶어 했다.

관군도 계속되는 전투로 지칠 대로 지쳐 있었다. 농민군이 전주성 안에 있지만 사실 농민군이 또 어디서 일어나 관군을 치러 올지 알 수 없는 일이었다. 거기다 홍계훈은 적당한 선에서 화약13을 이끌어 자신의 공으로 내세우려는 속셈이 없지 않았다.

농민군이 전주성을 완전히 빠져나가자 홍계훈은

"동비를 하나도 남기지 말고 모조리 잡아들이라!"

소리치며 나타났다. 농민군이 빠져나간 전주성으로 들어가며 사다리 수백 개를 가져와 관군은 사다리를 타고 성안으로 들어갔다. 농민군과 싸움에서 이겼다는 것을 보여 주기 위한 속임수였다.

"우리가 동비들을 다 물리쳤으니 크게 잔치를 벌여야겠다."

홍계훈은 잔치까지 벌였고 관군이 농민군을 물리쳤다고 보고까지 했다.

---

13 화약 : 화목하게 지내자는 약속.

# 10. 집강소, 지방자치의 첫걸음

전주성에서 철수한 농민군은 고향으로 가기도 하고 집강소(執綱所)가 설치된 곳으로 가기도 했다. 집강소는 동학 농민군이 전라도 각 고을의 관아에 설치한 자치 기구다. 한 명의 집강과 몇 명의 의사원이 행정 사무를 맡아 보았다.

전주성에서 철수했다고 하지만 전라도 지역은 농민군이 지배하고 있었다. 농민군은 5월 중순부터 폐정개혁을 시행하기 위해 여기저기에 집강소를 설치했다. 농민군은 집강소 활동을 통해 탐관오리와 탐학한1 부호들을 찾아내어 벌주고 양인과 천민을 위한 활동을 차근차근 펼쳐 나갔다.

손화중은 광주 일대의 집강소를 거느리고 있었고 김개남은 남원을 중심으로 집강소를 관리하고 있었다. 손화중은 전봉준과 우호적인 집강소 활동을 벌이고 있었지만, 김개남은 독자적인 활동을 벌이고 있었다.

---

1 탐학하다 : 욕심이 많고 포학하다.

머리와 다리를 크게 다친 전봉준은 지금실의 집으로 돌아가 치료를 받았다. 오랫동안 치료를 끝낸 전봉준은 집강소 활동을 둘러보기 위해 집을 나섰다. 전봉준을 호위하는 것은 최경선과 날센 군사 20여 명이었다.

　　전봉준은 금구·김제·태인을 둘러보고 다시 장성·담양·순창·남원·순천을 둘러보고 있었다. 여러 곳의 집강소 활동은 순조롭게 진행되고 있었으나 나주와 운봉 같은 곳은 고을 수령과 민보군2이 방해하여 집강소 설치가 순조롭지 않았다.

　　전라도 감사로 모든 행정을 책임지는 김학진은 농민군에게 집강소 설치를 허락하는 게 오히려 사태 수습을 신속히 하는 것으로 판단했기 때문에 전봉준과 손을 잡을 수밖에 없었다. 그는 농민군 지도자들에게 관과 민이 서로 협조하여 폐정을 고쳐 나가겠다고 했다. 고향으로 돌아가 생업에 종사하는 농민군은 절대 처벌하지 않겠다는 것도 약속했다. 전라도 53개 고을 가운데 집강소 설치를 끝까지 반대한 이는 나주 목사 민종렬이었다. 그는 끝까지 집강소 설치

---

2 민보군 : 동학농민혁명 때 농민군을 진압하기 위해 유생들이 조직한, 소위 양반 군대.

를 반대해 전봉준의 요구대로 파면되고 만다. 그는 그 정도로 집강소 설치에 큰 거부감을 가진 관리였다.

집강소는 우리나라 최초의 지방자치 기구였다. 관을 돕는 보조기구가 아니라 실질적으로 권한을 가지고 있었다. 오히려 감사나 수령들은 힘을 못 쓰고 있었다. 지역주민들은 일이 생기면 집강소로 달려갔다. 무서워하던 관과는 달리 백성들 편에서 일해 주었기에 집강소는 백성들에게 큰 호응을 얻었다.

집강소를 둘러보는 동안 전봉준은 단합 대회를 해야겠다고 생각했다.

'김개남과는 서로 의견이 달라 단합대회를 통해 마음의 조율을 해야겠어. 자칫하다가는 우리끼리 분란이 일어난 줄 오해할 수 있어. 손화중과 김개남에게 연락하여 단합대회를 하자. 일본군은 청나라를 물리치고 나서 우리나라를 삼키려 하고 있어 우리가 중심을 잡고 이 나라를 지켜야 한다.'

이렇게 해서 7월 15일 농민군은 남원에 다시 모였다. 전라 좌도와 우도에서 수만 명이 모여들었다.

"두 달 만이야. 그동안 잘 지냈는가?"

"네. 형님네는 모내기 잘하고 오셨지요? 다리 다친 형수

님은 좀 어떤가요?"

"많이 좋아졌네. 집강소에서 못된 무리를 벌주고 우리 사정을 헤아려 주니 사는 게 얼마나 좋은지 몰라."

"우리 마을 집강소도 그렇습니다. 이게 다 전봉준 장군 때문이라고 다들 고마워하고 있습니다."

"그런데 우리 때문에 때국놈들과 왜놈들이 쳐들어왔다니 걱정일세."

"도대체 나라님은 이 나라를 어디로 끌고 가려는지…… 안타깝고 답답해서 견딜 수 없습니다. 우리가 목숨을 걸고 나라를 바로 잡아가는데 조정에서는 외세를 빌어 자기들 자리를 지키려 하다니 말이 됩니까?"

"그러게 말일세. 양반들 생각이 그러니 이 나라가 어찌 될는지."

갑자기 저 앞쪽에서 함성이 터져 나왔다.

"녹두 장군이다!"

"여러분 반갑습니다. 전봉준입니다!"

전봉준이 모습을 드러낸 것이다. 농민군은 박수와 함성으로 전봉준을 맞았다.

"그동안 농사일이며 집강소 일로 노고가 많다는 것을 제가 두 눈으로 보고 왔습니다. 그런데 집강소 일을 하며 개인적인 원한으로 백성을 괴롭히는 일들도 더러 있었습니다. 집강소는 착하고 힘없는 백성들을 위해 설치한 것이지 우리의 힘을 자랑하려고 만든 것은 절대 아닙니다. 이 점을 앞으로도 유의해야 할 것입니다."

이 말에 고개를 움찔하는 사람들이 있었다. 집강소 일을 보면서 예전 못된 벼슬아치의 흉내를 냈던 사람들이었다.

전봉준은 농민군이 힘없는 백성 편이 되어야 함을 몇 번이고 힘주어 말하고 일본군과 청나라 군대의 움직임도 아는 만큼 전했다.

지도부의 회의는 밤늦게까지 이어졌다. 집강소 활동 문제와 앞으로의 진로 문제 등 여러 이야기가 나왔다.

집강소 활동으로 힘을 길러 2차 봉기를 주장하는 전봉준과는 달리 김개남은 다시 모이기 힘든 점을 들어 모인 김에 들고 일어나자는 주장을 폈다. 손화중은 전봉준과 비슷한 생각을 하고 있었다.

"신중해야 합니다. 자칫 잘못하다가는 일본군에게 빌미3를 제공할 수 있어요. 신식 무기로 무장한 일본 정예군4과

---

3 빌미 : 어떤 일을 하기 위한 계기나 핑계.
4 정예군 : 날쌔고 용감한 군사.

맞서면 승산이 없습니다. 좀 더 냉정할 필요가 있어요. 지금은 우리 조선을 누가 먼저 삼키느냐에 혈안이 되어 있지만 어느 한편이 이기면 다시 우리에게 총을 겨눌 게 불을 보듯 빤한 일입니다."

지도부의 고민은 점점 깊어졌다. 의견이 조금씩 달랐지만, 나라와 백성을 위한 마음은 똑같았다.


김학진은 남원으로 사람을 보내어 전주에서 만나자는 전갈을 보냈다. 전봉준은 최경선과 40여 명의 장수들을 거느리고 김학진을 만나러 갔다.

"이렇게 와 주셔서 고맙습니다."

김학진은 생각보다 겸손하게 전봉준을 대했다. 김문현과는 다른 태도였다.

"이제 조정은 친일파들로 득실거리고 있습니다. 우리가 힘을 합쳐 전주를 지켰으면 합니다. 전라도 지역에 집강소 설치를 내가 돕겠소이다. 대신 힘을 합쳐 일본군이 이 전주를 침범하지 못하도록 도와주세요."

"좋습니다. 잘못된 정치, 폐정도 바로 잡고 일본군도 물리치도록 힘을 다해 돕겠습니다."

두 사람은 모처럼 환하게 웃으며 악수를 하였다.

전봉준은 선화당에서 김학진 대신 감사일을 보기 시작했다. 김학진은 징청각(澄淸閣)으로 물러나 전봉준이 하는 일을 지켜보기만 했다. 전라 감영의 관리 중에는 이를 못마땅하게 여기는 사람이 없지 않았다.

"살다 살다 이런 꼴은 처음 보네. 도적의 괴수는 선화당을 떡 차지하고 감사는 좁은 방에서 결재나 하고."

"도인감사지, 뭐."

사람들은 동학교도를 도인이라 불렀다.

"그 말이 맞네. 동학교도와 한패야. 기가 막혀서."

집강소 활동이 활발해지며 농민들은 신바람이 났다. 전봉준이 빈민 구제에 발 벗고 나섰기 때문이다.

"요즘만 같으면 사는 맛이 나네."

"배부르고 등 따시고!"

"날마다 명절 같다니까."

전봉준은 쌀을 많이 가진 지주와 부자들의 쌀을 시세보다 싸게 샀다. 그냥 내놓으라고 해도 내놓을 수밖에 없는 형편에, 싼값이지만 쌀값을 쳐주니 내놓지 않을 수 없었다. 악질 지주, 악질 토호로 보이고 싶지 않았던 것이다. 악질 지주, 악질 토호들이 벌 받고 있다는 것을 누구보다 그들이 잘 알았다.

전봉준은 싸게 사들인 쌀을 더 싼 값에 농민들에게 팔았다.

'아이구! 이렇게 싸게!'

'이렇게 가져가도 되나?'

금 같은 쌀을 거저나 마찬가지인 가격에 산 가난한 사람들은 너무나 놀라 열린 입이 다물어지지 않았다.

"집강소가 있으니 얼마나 좋은지 몰라. 이제 억울한 일은 당하지 않으니까."

"다 녹두 장군 덕분이여. 안 그래?"

"지난번 우리를 그렇게 괴롭혔던 박 첨지도 싹싹 빌며 용서해 달라고 했다는구먼."

사람들은 모처럼 배불리 먹고 웃음을 나누며 일했다. 군수나 현감이 있었지만 오히려 집강소의 눈치를 봐야 했다. 예전처럼 농민들을 함부로 대하지 못했다.

집강소의 활동으로 농민들의 시간은 평화롭게 흘러갔다. 더구나 그해는 보기 드문 풍년에다 예년처럼 세금으로 싹싹 쓸어 가지 않으니 살맛이 났다. 저절로 어깨춤이 나왔다.

"우리가 자진해 해산했으니 이제 청나라 군대와 일본 군대도 지들 나라로 가겠지요?"

"당연히 가야지요. 더 싸울 수 있는데도 청나라와 일본군 때문에 전주 화약을 맺고 우리가 집으로 들어온 게 아닙니까?"

"지금쯤은 모두 철수했겠지요?"

"그랬을 겁니다. 철수 안 했으면 우리가 물리쳐 줍시다."

그러나 이런 백성들의 바람과는 달리 두 나라 군대는 꿈쩍도 안 하고 있었다. 조선을 집어삼기려고 기회를 노렸던 청나라와 일본은 오히려 한술 더 뜨며 우리 조정을 파고들었다. 일본은 이 기회에 청나라를 몰아내고 조선을 차지하려고 안간힘을 다하고 있었다.

일본은 자신만만했다.

"어떻소? 우리 일본과 힘을 합쳐 조선 정부를 개혁해 봅시다. 우리 일본과 힘을 합쳐서 말입니다."

"무슨 소리요, 조선은 대대로 우리에게 조공5까지 바치던 나라요. 우리가 왜 일본과 힘을 합쳐야 한단 말이오."

이렇게 회담이 결렬되자 두 나라 사이는 틀어지고 말았다. 새해가 되면서 나라 안은 흉흉한 소문이 떠돌았다.

---

5 조공 : 예전에 속국이 종주국에게 때맞추어 예물을 바치는 일이나 그러한 예물을 이르던 말.

1894년 6월 21일. 일본군은 경복궁을 침입하며 그 마각을 확실히 드러냈다[6]. 자신의 자리를 지키기에 급급했던 민씨 정권은 도망가기에 바빴고 고종은 왕궁에 있었지만 아무것도 할 수 없었다. 일본은 명성 왕후와 사이가 좋지 않았던 대원군을 왕궁으로 데려왔다. 대원군을 일본 편으로 끌어들여 민심을 수습하겠다는 얄팍한 정치 술수였다. 김홍집을 총리대신으로 내세운 친일 정권은 이렇게 시작되었다.

일본군의 감시 아래 있던 김홍집 친일 정권은 일본의 조종대로 청나라와 맺은 모든 주약을 폐기하며 일본군에게 청나라 군대를 몰아내 달라는 요청까지 하고 말았다.

7월 25일. 아산만 풍도 앞바다에서 포성이 터졌다. 아직 이른 아침이었다. 일본 함대는 갑자기 포문을 열어 청나라 함대를 공격했다.

"기습 공격이다. 포를 쏘라!"

청나라가 맞받아쳤지만 미리 준비한 일본을 이기지 못했다. 일본군의 대승으로 바다 싸움은 끝났다. 청일전쟁은 이

---

6 마각을 드러내다 : 숨기고 있던 속마음이나 정체를 보이다.

렇게 바다에서 먼저 시작되었다.

농민군의 봉기 때문에 외국 군대가 우리나라에 들어왔다고 하지만 사실 일본은 농민군이 봉기하기 이전부터 조선 전쟁을 치밀하게 계획하고 있었다. 그들이 주장하는 '조선의 독립'을 돕기 위한 전쟁이 결코 아니었다.

풍도 앞바다에서 청나라 군대를 기습 공격하며 본격적인 청일전쟁이 시작되었다. 아시아의 맹주7를 지키려는 늙은 대국 청나라는 신흥 대국으로 발돋움하려는 일본에 번번이 패했다. 9월 평양성 전투에서 패하며 물러가고 말았다.

"아니 어째서 그 큰 대국이 쪼그만 왜에 무릎을 꿇느냐 말여."

"만주 일대와 산둥반도도 일본에게 주고 물러간다네."

"어허, 이제 이 나라는 어찌 될꼬!"

"우리가 나서야지."

"우리?"

"우리 농민군 말이여."

"우리가 일본군과 싸워? 대국도 물리쳤는데?"

---

7 맹주 : 서로 동맹을 맺은 개인이나 집단의 우두머리.

"이 사람이! 일본을 몰아내고 우리가 우리 땅을 지켜야 하지 않겠는가?"

전봉준은 이런 백성들의 마음을 잘 알고 있었다.

전봉준은 이미 이런 날이 올 것에 대비해 군량미와 무기 같은 것을 모아 두고 있었다. 농민군만이 아니라 일반 백성들의 입에서도 다시 모이자, 하는 소리가 터져 나왔다. 그 길밖에, 다른 길이 없다는 것을 백성들은 알고 있었다.

# 11. 척왜(斥倭)의 깃발을 든 농민군

전봉준은 마침내 결심했다. 2차 봉기를 준비하는 장소로 생각한 삼례로 떠나는 것. 그의 측근들이 묵묵히 그 뒤를 따랐다. 청을 물리친 일본을 생각하면 마음이 무거웠다.

'지난번 봉기가 백성들을 괴롭힌 벼슬아치들을 몰아내기 위한 싸움이었다면 이번 봉기는 조선을 삼키려는 일본과 싸움이다. 목숨을 다해 왜놈들을 이 땅에서 몰아내야 한다. 일본을 물리치지 않으면 우리 민족의 앞날은 더욱 암울하다.'

전봉준도 그 측근들도 모두 같은 생각을 하며 삼례로 가고 있었다.

삼례. 만경평야 끝자락에 자리 잡고 있는 충청도와 전라도를 잇는 교통의 중심지이면서 1892년에는 교조 최재우의 억울함을 풀어 달라고 집회를 열기도 했던 고장으로 농민군에겐 낯익은 장소였다.

전봉준은 삼례, 양반 다리 부근에 대기하면서 각 지방으로 파발마1를 띄웠다. 각 지방의 농민군은 속속 도착했다.

전주, 고창, 김제, 남원, 금구, 영광, 무장 등지의 농민군은 기다렸다는 듯이 밀려왔다. 1차 봉기 때보다 훨씬 많은 농민군이 모였다. 무기도 지난번보다 더 많았다. 집강소 활동을 통해 그 지역의 무기고를 손쉽게 열 수 있었기 때문이다. 집강소에서 보낸 양곡과 무기, 화약 같은 걸 실은 우마차가 속속 삼례로 집결했다.

삼례 왕대밭에선 부지런히 죽창이 만들어졌다. 부녀자들도 부지런히 농민군의 옷을 만들었다. 곧 추위가 닥칠 것이기 때문에 솜을 넣어 두툼하게 만들었다.

"충청도, 경상도, 강원, 경기에서도 의병들이 일본과 맞서고 있답디다."

"이북 땅 황해도에서도 의병들이 일본과 싸우고 있대요."

나라 곳곳에서 의병들이 일어나 일본과 맞서고 있었다. 자칫하다가는 일본에 나라를 빼앗길지도 모른다는 위기감이 온 나라를 덮고 있었기 때문에 가만히 있을 수가 없었던 것이다. 더구나 이번 봉기는 그동안 미온적2이었던 최

---

1 파발마 : 조선 시대, 공문을 급히 전달하던 사람이 타던 말.
2 미온적 : 어떤 일에 대한 대응에 있어 적극성이 없고 미적지근한.

시형을 비롯한 충청도의 북접3 지도부도 함께하기로 했다. 그동안 동학의 북접 지도부는 봉기에 아주 미온적이었다. 그들은 전쟁, 혁명 같은 전투적인 싸움보다 동학 고유의 종교적인 활동에 더 주력하고 싶어 했다. 그런데 그 북접의 지도자 최시형이 마음을 바꾸어 2차 봉기에 나선 것이다.

최시형이 마음을 바꾸기까지는 손병희의 공이 컸다.

"청나라 군대에 이어 일본군까지 들어와 우리 동학교도를 학살하고 있습니다. 일본군이 우리 동학의 뿌리까지 뽑으려 합니다. 우리도 남접과 함께해야 합니다."

최시형도 마음을 바꾸지 않을 수 없었다.

"나라가 없다면 동학도 없다. 모두 청산으로 집결하라!"

최시형의 대동원령이 내려지자 북접 농민군은 충청도 청산으로 모이기 시작했다. 충청, 경기, 강원, 경상도의 10만 대군이 청산으로 모여들었다. 손병희가 북접의 총사령으로 앞장섰다.

최시형의 대동원령 소식에 삼례에서는 함성이 터져 올랐

---

3 북접 : 동학 교단 조직의 하나. 최시형이 활동하던 충청도 지역의 조직을 부르던 말이다.

다. 농민군의 사기는 하늘을 찌를 듯했다. 이번에도 전봉준은 총대장, 손화중과 김덕명이 총지휘를 맡았다.

준비는 끝났다. 전봉준은 9월 말 자신의 직속부대 4천여 명을 이끌고 삼례를 출발했다. 가을이 깊어지는 들판에는 벼가 누렇게 익어 가고 있었다.

## 12. 공주에서 우금치까지


10월 16일.

남북접 동학농민군은 논산에서 함성을 지르며 만났다. 논산으로 오는 동안 농민군의 수는 더 불어나 있었다. 20만 명에 가까웠다.

"서둘러 한양으로 올라가야 합니다."

남북접 농민군은 한양을 향해 힘차게 전진했다. 그런데 농민군이 거쳐 가야 할 공주에 한양에서 내려온 관군과 일본군이 농민군을 기다리고 있었다.

충청도 감영이 있는 공주는 한양으로 가려면 반드시 지나가야 하는 요충지였다. 그곳을 이미 관군과 일본군이 자리 잡고 농민군을 기다리고 있는 것이다. 일본군은 농민군의 이동 정보를 손에 쥔 듯 훤히 꿰고 있었다. 약 장수나 여행객으로 위장한 밀정1들이 전국 곳곳에서 일본에 필요

---

1 밀정 : 어떤 사실을 알아내기 위하여 남몰래 엿보거나 살핌.

한 정보를 제공하고 있었다. 농민군은 모든 것을 드러내 놓은 힘겨운 싸움이 될 수밖에 없었다.

그러나 전봉준은 공주에 대해 잘 알고 있었다. 분지2로 된 공주는 북쪽이 금강이고 나머지 삼면은 좁고 험한 고갯길이다. 천혜3의 요새4로 방어는 쉬운 편이지만 공격하기는 몹시 어려운 곳이었다.

"공주를 삼면에서 포위하듯 에워싸며 한꺼번에 쳐들어가는 수밖에 없소."

"좋습니다. 우리 북접이 우금재와 봉황산 길로 공격하겠습니다."

"그럼 남접이 무너미와 능치로 쳐들어가겠소."

10월 20일 아직 동이 트기 전이었다. 농민군은 공주를 향해 출발했다. 전봉준이 이끄는 농민군 정예부대가 힘차게 앞서 나갔다. 왼쪽은 이인역을 향했고, 오른쪽은 노성읍을 거쳐 효포길로, 공주와 청주로 통하는 목천 세성은 북접

---

2 분지 : 높은 대지나 산으로 둘러싸인 평평한 땅.
3 천혜 : 주로 '천혜의'의 꼴로 쓰여, 하늘이 베푼 은혜라는 뜻으로 어떤 일을 위한 조건에 너무도 잘 어울림을 이르는 말.
4 요새 : 국방상 중요한 곳에 튼튼하게 만들어 놓은 방어 시설.

의 지도자 김복용이 맡았다.

세성산은 군사적으로 중요한 장소였다. 산의 북서쪽은 경사가 심해 높은 곳으로 쳐 올라가기가 쉽지 않을 뿐만 아니라 동남쪽은 나무들이 발 디딜 틈 없이 자리 잡고 있어서 이동하기가 쉽지 않았다. 김복용은 산 정상에 진을 치고 일본군과 맞설 준비를 했다.

뜻밖의 일이 벌어졌다. 21일 이른 아침, 이두황이 이끄는 관군이 세성산에 쳐들어온 것이다. 미처 생각지 못한 기습이었다. 신식 무기의 위력은 대단했다. 농민군의 노련한 지휘관 김복용도 붙잡히고 말았다.

"장군! 세성산 전투에서 크게 패했답니다. 김복용도 붙잡혀 참수5당했답니다."

"아! 김복용! 큰 인재를 잃었구나. 우리가 꼭 갚아 주마."

전봉준은 주력 부대를 이끌고 이인으로 이동했다. 23일, 이인으로 관군이 공격해 왔다. 농민군은 산 위, 유리한 지형을 이용하여 파죽지세6로 밀고 내려왔다

---

5 참수 : 목을 벰.
6 파죽지세 : 대나무의 한끝을 갈라 내리 쪼개듯 거침없이 적을 물리치며 진군하는 기세를 이르는 말.

"김복용의 원수를 갚아 주자!"

농민군에 밀린 관군은 크게 패하며 공주 감영으로 후퇴하고 말았다.

"만세! 우리가 이겼다!"

공주 부근에서 첫 승리는 농민군에게 큰 자부심을 주었다. 관군이든 일본군이든 물리칠 자신이 있었다. 해가 졌다. 농민군이 점령한 산에서는 함성이 어두운 하늘을 흔들었고 횃불이 활활 타올랐다.

24일에도 농민군은 승승장구하며 공주 감영의 뒷산인 봉황산까지 손에 넣었다.

"저기가 공주 감영이다!"

"만세! 저곳도 곧 우리 차지다."

"내일은 우리가 저기서 만세를 부를 걸세."

농민군은 자신이 있었다. 오색 깃발이 산을 수 놓았고 해가 지자 횃불이 타올랐다. 이제 공주는 북쪽 금강을 제외한 나머지 삼면을 농민군에게 포위당한 것이다.

다급해진 관군과 일본군은 농민군을 물리칠 작전을 짜기 위해 골몰하고 있었다.

"더는 저 역적 놈들에게 밀려선 안 될 것입니다."

"걱정 마십시오. 일본군 1대대가 이쪽으로 오고 있습니다."

일본군 1대대. 천안에서 기회를 노리던 일본군이 농민군을 물리치기 위해 움직이기 시작한 것이다. 그들은 영국산 최신 총기인 스나이더 총과 대포와 기관포 같은 강력한 화력을 앞세운 대대였다.

싸움은 계속 이어졌다. 10월 24일 대교 전투, 25일 효포와 능치 전투. 이제 일본군까지 가세한 싸움이었다. 농민군은 효포와 능치 전투에서 큰 손해를 입었다. 수적으로 우세한 농민군이지만 신식 무기로 무장한 관군과 일본군에게 계속 밀렸다.

11월 8일 전투는 우금치로 계속되고 있었다. 우금치(牛禁峙), 고개가 하도 험해서 소를 몰고는 넘을 수 없다는 뜻이다. 그만큼 험한 고개였다.

밀고 밀리는 싸움에서 농민군은 우금재로 몰려가 이인의 관군을 포위했다. 해가 지자 농민군은 이인 주변의 모든 산을 차지하고 횃불을 들어 올렸다. 사방이 불로 된 산처럼 보였다. 포성이 들리고 함성도 어두운 사방으로 퍼져 나갔다. 관군은 어둠을 타고 후퇴했다. 농민군의 함성이 크게 솟아올랐다.

11월 9일 이른 아침. 농민군은 이인으로 가는 길목과 우금치산 사이 약 10리에 걸쳐 공격하기 시작했다. 관군의 경비가 허술한 쪽을 찾아 오르막길을 기어오르고 대포를 몇 방 쏘고는 재빨리 사라지며 약을 올렸다. 일종의 심리전이었다.

전봉준이 이끄는 주력 부대는 다른 부대의 농민군보다 더 크게 함성을 지르며 우금치 아래에서 움직였다. 동쪽에서 소리를 질러 동쪽에서 쳐들어가는 것처럼 속이고는 서쪽을 공격하며 관군을 혼란에 빠뜨리며 사기를 높였다. 풍악을 울리며 춤까지 추며 자신 있음을 드러내었다.

연일 계속되는 싸움으로 지쳐 있기는 관군이나 농민군이나 마찬가지였다. 그러나 농민군이 훨씬 더 여유를 부리고 있는 것이다.

해가 중천에 떠오르자 일본군의 공격이 시작되었다. 대포가 위에서 아래로 쏟아져 내렸다. 농민군도 공격을 퍼부었다.

신식 무기의 힘은 엄청났다. 시간이 지날수록 농민군의 피해는 눈두덩이처럼 커지고 있었다. 일본군을 물리치기 위한 목숨을 건 전투는 7일 동안 40여 차례 계속되는 동안 농민군의 힘은 바닥을 드러내고 있었다.

농민군은 일본의 신식 무기 앞에 맥없이 무너졌다. 농민군은 재래식 화승총에 총알을 장전하는 데 2~3분이 걸리고 재장전을 위해서는 일어서야 했다. 일본군의 스나이더 소총은 재장전이 간단해서 4초면 재장전이 끝났고, 적에게 노출되도록 일어설 필요도 없었다. 1분에 15발을 쏠 수 있었다. 농민군이 한 발을 쏠 때 일본군은 30~45발 정도 공격할 수 있었다. 거기다 농민군의 화승총은 120m밖에 날아가지 않았지만 스나이더 소총의 유효사거리는 800m였다.

전투가 계속되면서 농민군의 시체는 점점 쌓여 갔다. 재장전을 위해 일어서는 농민군을 일본군은 놓치지 않았다.

농민군 2만여 명은 관군과 일본군 5,200여 명에 패한 것이다. 신식 무기 앞에 무릎을 꿇어야 했다.

큰 가마를 타고 지휘하던 전봉준은 후퇴 명령을 내릴 수밖에 없었다.

"후퇴하라! 후퇴하라! 경천으로 집결하라!"

농민군은 경천에서 다시 논산으로 이동했다. 농민군 2만 군사가 500명으로 줄어 있었다.

"장군, 청주 공격도 실패했다 합니다."

늦게 합류한 김개남의 농민군도 참패했다. 조선의 운명

이 깊고 어두운 그늘로 덮여 가고 있었다.


11월 14일. 관군과 일본군은 승전의 축배를 들고 휴식을 취하며 농민군을 추적했다.

"끝까지 추적해서 적들을 소탕하라!"

관군은 공주 일대를 샅샅이 뒤지며 농민군을 토벌하기 시작했다. 농민군이 숨겨 둔 양식이며 비밀 기지, 화약 제조소까지 찾아내어 박살을 냈다.

농민군은 뒤쫓는 연합군과 싸우며 11월 19일에 전주성으로 갔다. 그곳에서 다시 힘을 모아 연합군과 맞서기 위해서였다.

'이대로 일본에 이 나라의 모든 것을 내줄 수는 없는 일이다. 어떻게 해서든 다시 힘을 모아 일본군을 이 땅에서 몰아내야 한다.'

전주는 다시 농민군들로 북적거렸다. 전봉준은 전주에서 다시 일어설 힘을 기르며 다음 싸움을 준비하고 있었다. 공주에서 내려온 농민군들과 여기저기 피했던 농민군들이 모여들었다. 3천여 명이나 되었다.

전봉준이 농민군을 이끌고 간 곳은 원평. 그곳은 김덕명의 고향이며 전봉준이 어린 시절을 지낸 곳이었다. 잘 아는 곳으로 적을 끌어들여 물리치려는 것이다.

11월 25일, 농민군은 원평 앞산에 진을 치고 관군, 일본군 연합군은 원평천 냇가 들판에 진을 쳤다.

아침부터 해가 기우는 오후까지 양쪽의 공격은 쉬지 않고 이어졌다. 우렛소리를 내며 대포가 날아갔고 탄환은 비처럼 쏟아져 내렸다. 농민군은 연합군의 신식 무기를 이미 경험했기 때문에 사정거리를 어림하며 멀리서 공격했고 연합군은 가까이 다가가려 했다. 농민군은 결코 서두르지 않고 적당한 거리를 유지하며 공격했다. 어느 쪽도 포기하지 않았고 전투는 끝나지 않았다.

"무조건 올라가라!"

초조하고 다급해진 관군이 산 위로 올라가기 시작했다.

"한 놈도 남기지 말라!"

농민군과 관군의 육박전7은 치열했다. 시간이 흐를수록 농민군의 시체가 더 쌓여 나갔다.

"후퇴! 후퇴!"

관군에 밀린 농민군은 남쪽으로 후퇴했다. 연합군이 승

---

7 육박전 : 서로 맞붙어서 치고받는 싸움.

리한 것이다. 산 위에는 농민군의 시체가 즐비했다. 농민군은 쌀 5백여 석과 무기도 버리고 후퇴했다. 그만큼 다급했던 것이다.

후퇴한 농민군은 태인으로 이동했다. 농민군이 태인으로 옮겨 갔다는 소식을 듣고 주변의 농민군들이 모여들었다. 그러나 마지막 이 전투에서 농민군은 다시 지고 말았다. 다시 일어설 힘까지 소진해8 버리고 말았다. 수백 명밖에 남지 않았던 농민군이 다시 모여들어 수천 명이 되었지만, 일본군의 신식 무기를 이겨 낼 수 없었다.

전봉준은 농민군을 해산시키고 동고동락9을 해 온 부하 몇몇을 이끌고 길을 떠났다.

일본군의 추격은 끈질기고 잔인했다. 동학군이 있다는 정보만 입수하면 어떻게든 찾아내어 숨통을 끊었다. 그렇게 숨진 농민군이 30~40만 명이었다. 조선을 점령하기 위해서 일본에 반기를 든 농민군을 무참히 살해한 것이다.

---

8 소진하다 : 모두 써 없어지게 하다.
9 동고동락 : 괴로움도 즐거움도 함께함.

# 13. 믿는 도끼에 발등을 찍히다


관군의 추적을 피해 여기저기 숨어 지내던 전봉준 일행은 순창으로 향했다.

"순창에 김경천이 있으니 거기는 안전할 것이오."

전봉준 일행은 피노리의 김경천 집으로 숨어들었다. 12월 2일 저녁이었다.

"잘 오셨습니다. 걱정 말고 여기서 쉬십시오."

김경천은 이렇게 환대하며 전봉준을 맞았지만, 그의 머리는 빠르게 움직이고 있었다.

'전봉준이 총대장이고 현상금이 어마어마하니 이 기회에 나도 팔자 한번 고쳐 보는 거야. 부하도 셋뿐이니 잡기도 쉽겠어.'

김경천은 전봉준을 안심 시켜 놓고 바로 밀고했다10.

전봉준은 그렇게 잡히고 말았다.


---

10 밀고하다 : 당국 등에 남몰래 넌지시 일러바치다.

1895년 정월이 끝나갈 무렵, 나주를 출발한 일본군 소좌 미나미는 농민군 수십 명을 이끌고 한양으로 출발했다. 전봉준만이 아니라 손화중·최경선·김덕명 같은 농민군 지도자들이 포승줄에 묶여 있었다.

　'아, 아, 앞으로 이 나라가 어찌 될꼬!'

　서울로 압송당하며 전봉준은 피눈물을 흘렸다.

　일본 공사는 조선의 전봉준이지만 그의 기개와 재능에 큰 관심을 보였다.

　'말로 듣던 것보다 더 대단한 인물이군. 잘 구슬려서 우리 편으로 만들면 쓸모가 있겠어.'

　일본 측은 다양한 인재들을 회유하여[11] 일본 앞잡이로 만들고 있었다. 전봉준에게도 갖은 유혹으로 전봉준을 친일 앞잡이로 전향시키려 했다. 농민군이었다가 일본 앞잡이로 전향한 사람이 여럿이었다.

　그러나 전봉준은 달랐다. 눈썹 하나 까딱하지 않았다. 아무리 달콤한 회유에도 반응을 보이지 않자 재판정으로 보냈다.

---

11 회유하다 : (어떤 사람이 다른 사람을) 좋은 말이나 태도로 구슬리고 달래다.

전봉준은 피노리에서 잡히면서 크게 다쳐 압송된 후에도 일본군 군의에게 치료를 받아야 했다. 재판정으로 가야 할 때도 혼자 움직일 수가 없어 들것에 실려 누운 채 가야 했다.

전봉준은 조선 법관과 일본 영사의 합동 심문을 받았다. 전봉준은 당당했다. 죄인처럼 굴지 않았다. 오히려 그들을 꾸짖 듯했다.

조선 법관 장박이 근엄한 소리로 야단치듯 말했다.

"죄인이 어찌 이리 불손한가?12"

"죄인? 내가 어찌 죄인이오? 이 나라의 잘못된 것들을 바로 고치는 게 뭐가 잘못이오? 우리 조선의 선한 백성을 잡아들이려고 외적을 불러들인 당신들의 죄가 더 큰데 왜 나를 죄인이라 하시오?"

전봉준은 이처럼 법관 앞에서도 당당했다. 법관이 알고 싶어 하는 흥선대원군과의 관계도 물었지만, 전봉준은 완강하게 고개를 흔들며 부인했다.

"이놈이 어디서 거짓말을! 바른말을 할 때까지 주리를 틀라!"

---

12 불손하다 : (사람이나 그의 언행, 태도가) 예의 바르지 않고 겸손하지 못하다.

가혹한 심문은 계속되었다. 전봉준은 끝내 그들이 원하는 답을 주지 않았다. 일본에 맞서는 흥선대원군과 연계한 일이 있다고 하면 흥선대원군까지 옭아매려는 것이었다. 전봉준은 아무리 힘들어도 다른 사람에게 해를 끼칠 일을 입에 올리지 않았다.

전봉준은 단호하게 말했다.

"너는 나의 적, 나는 너의 적이다. 너희를 쳐 없애고 이 나라를 바로 세우려다가 너희에게 잡혔으니 나를 죽이라. 다른 것은 묻지 마라."

전봉준에게서 아무런 정보를 얻지 못한 장박은 손화중, 김덕명, 최경선, 성두한 등을 차례로 불러 심문했다. 그들도 마찬가지였다. 전봉준처럼 다른 사람에게 해를 끼칠 비밀을 입에 올리지 않았다. 혹독한 고문으로 그들의 입을 열려고 했지만 그들의 굳게 닫힌 입은 열리지 않았다. 그들의 태도가 너무 당당하고 신념에 차 있어 재판정에 모인 사람들은 모두 감탄했다. 일본 기자들까지 그들의 기개13에 놀랐다.

---

13 기개 : 씩씩한 기상과 꿋꿋한 절개.

1895년 3월 29일 새벽 2시.

"마지막으로 가족들에게 남길 말은 없는가?"

"없다. 나는 죽음을 기다린 지 오래되었다. 내가 죽으면 종로 네거리에서 목을 베어 오가는 사람들에게 내 피를 뿌려 주는 게 옳거늘 어찌 이 새벽에 몰래 죽이는가."

이것이 그가 남긴 마지막 말이다.

전봉준은 그렇게 새벽 2시에 이 땅을 떠났다. 손화중·김덕명·최경선·성두한도 중죄인으로 분류되어 함께 처형되었다.

새야 새야 파랑새야
녹두밭에 앉지 마라
녹두꽃이 떨어지면
청포 장수 울고 간다.

녹두꽃으로 남은 전봉준. 〈새야 새야 파랑새야〉는 녹두 장군을 일컫는 노래로 알려져 지금까지 불리는 노래이다. 지방마다 가사는 조금씩 다르지만, 전국에서 녹두 장군의 뜻을 기리려는 마음은 한결같다는 것을 알 수 있다.

# 소설 전봉준 해설

조선의 농민 운동가이자 동학의 종교 지도자였던 전봉준은 1855년 전라북도 고창군 당촌 마을에서 몰락한 양반 전창혁(全彰爀)의 아들로 태어났다. 전창혁은 의협심이 강하고 어려운 이웃을 외면하지 않았던 사람으로 군수의 학정에 항거하여 민소(民訴)를 제기했다가 구속되어 심한 매질을 당한 끝에 장독으로 죽었다고 전해지고 있다.

전봉준은 가난하게 자랐으나 5세 때에 한문 공부를 시작했다. 13세 때에는 〈백구시 白驅詩〉라는 한시를 지을 정도로 학문의 수준이 높았으나 한가롭게 공부만 할 수 없을 정도로 여전히 가난했다. 어린 시절 잦은 이사로 여기저기 떠돌아다니며 살았고 사람들이 얼마나 힘들게 사는지를 두 눈으로 보며 자랐다. 그런 속에서 전봉준은 어떻게 살아야 하는지를 심각하게 고민하게 된다.

개항을 계기로 하여 외세는 거침없이 밀려 들어왔고, 그런 와중에도 나라의 지도자들이나 탐관오리들은 백성의 어려운 형편을 헤아리지 않고 자신들의 자리 지키기와 힘없는 백성을 갈취하여 재물을 모으고 인권을 유린하는 일에 혈안이 되어 있었다. 부패한 지배층들은 벼슬자리를 사고파는 일도 서슴지 않았다. 국가 최고의 시험인 과거 시험에서도 돈만 많으면 장원급제도 할 수 있을 정도였다. 실력보다 금력, 돈의 힘이 앞서던 시대였다.

일본의 본격적인 침략 행위가 시작되면서 나라 형편은 더 어려워졌다. 궁궐은 이미 일본과 친일파들이 장악하기 시작했고 일본 등지에서 들어온 사치스러운 상품들로 농촌 경제는 파탄으로 내몰리고 있었다.

현실의 아픔과 모순을 허투루 보지 않았던 전봉준은 더 나은 세상을 만들려면 어떻게 해야 하는지를 고민했고 뜻에 맞는 동지들을 찾아다녔다. 마음을 털어놓을 벗이 절실할 때 만난 동지가 손화중이다. 1888년(고종 25년) 무렵, 동학 접주 손화중(孫和中)과 만나 서로의 고민과 나라의 형편을 이야기하는 한편 동학에 대해서도 의견을 나누기 시작한다. 마침내 1890년 무렵, 동학교도의 주요 지도자로 꼽히는 서장옥(徐璋玉)의 막료 황하일(黃河一)의 소개로 동학에 들어가게 된다.

많은 연구자가 전봉준이 진정한 동학교도인가, 하는 문제로 의구심을 나타내고 있지만, 전봉준은 훗날 제2차 재판에서 '동학은 충효로써 근본을 삼고 보국안민하려는 것이었다. 나는 동학을 극히 좋아했다'고 하여 동학에 입교하게 된 배경을 분명히 밝히고 있다.

1892년 무렵, 2대 교주 최시형(崔時亨)에 의하여 고부 지방의 접주로 임명되면서 그는 서서히 자신의 뜻을 펴기 시작한다. 꾸준히 집회에 참석하고 교도들과 사귀고 그들을 자신의 세력 안으로 끌어들이며 인맥을 넓혀 나간다. 1893년 3월 전라도 금구현 수류면 원평리 집회에서 그 능력을 인정받으며 녹두 전봉준의 이미지를 분명하게 각인시켰다.

1894년 고부에서 시작되어 전국으로 들불처럼 퍼져 나간 동학농민혁명을 바라보는 지배층의 시각은 외적보다 더 무섭고 사나운 도적으로 여겼다. 외적에게는 항복하고 아부하며 자신의 이익을 지켜나갈 수 있지만, 농민군에겐 그게 통하지 않는다는 것을 알았기에 그들은 농민군에게 치를 떨었고 용서할 수 없는 반역군으로 여긴 것이다.

전봉준은 무장봉기를 일으키며 포고문을 돌렸는데 왜 봉기하는지, 누구 때문에 봉기하는지를 분명히 하였다. 전봉준이 봉기한 것은 조병갑 같은 탐관오리들 때문인데 조병갑 같은 탐관오리는 고부에만 있는 것이 아니었다. 전국 각지에 고루 퍼져서 백성들의 피를 빨아먹고 있었다. 그렇기 때문에 동학농민혁명은 8도로 번져 나갔고 전 백성의 호응을 얻었던 것이다.

농민군의 전주성 점령으로 그 위세에 놀란 조정은 청(淸)나라에 군사를 청하고 만다. 자리 지키기에 급급했던 조정 대신들의 섣부른 판단은 결국 일본군을 끌어들이는 결과를 초래하고 이 땅을 청일전쟁의 싸움터로 만들어 버렸다. 청·일의 갑작스런 등장으로 조정과 농민군 모두 휴전의 필요성을 느꼈고 마침내 조정은 농민군이 요구한 폐정개혁안(弊政改革案)에 합의하게 된다.

27개 조목으로 정리된 폐정개혁안은 그동안 농민들이 피부로 느꼈던 여러 가지 폐정을 바로 잡아 새로운 나라를 만들려 했던 것으로 국내 정치는 물론 외국 상인들이 조선에 들어오면서 야기된 우리 경제의 침체 등 외세와 침략에 대한 농민들의 의식을 분명하게 드러내고 있다.

나라에서 폐정개혁안이 받아들여지며 농민군은 전주성에서 물러나 각자의 고향으로 돌아갔으나, 그 무장과 조직은 그대로 유지하고 있었다. 폐정개혁안의 진행 여부를 더 지켜볼 필요가 있었던 것이다. 전봉준은 5월 11일~18일 순변사 이원회(李元會)와 감사 김학진(金鶴鎭)에게 폐정개혁의 시행을 분명하고 강력하게 촉구했고 개혁이 이루어지지 않을 때는 농민군의 무장과 조직을 풀지 않겠다는 뜻을 분명하게 전했다.

그러나 당시의 민씨 척족정권은 이미 제 기능을 발휘하지 못하는 무능한 정권이었다. 조정의 능력을 지켜본 전봉준은 5월 중순경부터 각 지방에 집강소(執綱所)를 설치하여 농민들의 다양한 일상을 해결하는 지방자치의 일을 시작한다. 김학진은 농민군의 집강소를 사실상 인정한 셈이었고 이미 있는 감사와 수령들과의 원만한 공존과 질서를 원하게 된다. 7월 15일경에 남원에서 열린 농민군 대회는 전봉준과 김개남이 집강소 질서와 통일된 집강소 관리와 안정을 위한 대회였다. 전라도의 53개 고을에 집강소가 설치되면서 우리나라 최초의 지방 자치라는 역사적 문을 열었다. 농민군 중에서 집강을 뽑아 수령의 일을 보도록 했다.

조선을 손아귀에 넣으려고 모든 준비를 끝낸 일본은 청일전쟁에서 승리하면서 본격적인 농민군 토벌 정책을 시작한다. 척왜를 분명히 내세운 농민군을 없애야 조선을 차지할 수 있다는 것을 그들은 벌써 알고 있었다. 전봉준은 2만여 명의 농민군을 모으고 정부군과 일본군에 맞섰으나 현

대식 무기를 갖춘 그들에게 패하고 만다. 일본군은 끝까지 농민군을 추적했고 죄 없는 백성들까지 가리지 않고 무자비하게 학살하며 그들의 본성을 드러내었다.

12월 2일 순창군 피노리에서 체포된 전봉준은 일본군에게 넘겨져 서울로 압송되었다. 1895년 2월 9일부터 3월 10일까지 다섯 번의 재판을 받은 후 3월 29일 새벽 2시 손화중·최경선·김덕명·성두한과 함께 교수형을 당했다.

전봉준은 당당하게 세상을 떠났다. 그는 일본군과 전쟁을 치른 총대장으로 지휘자의 신분이었기 때문에 일반 범죄자와는 다른 대우를 받을 수도 있었다. 정치범으로 특별 대우를 받아 사형을 면할 수도 있었다. 일제는 은근히 그런 특혜를 제시하며 그를 친일 앞잡이로 만들려고 공작을 벌였지만, 그는 끝내 의로운 죽음을 택했다. 그가 몇몇 동학도들처럼 일제의 회유에 넘어갔더라면 오늘날처럼 동학농민혁명·동학농민운동·갑오농민전쟁·동학농민전쟁으로 부르지 않았을 것이고 역사 저쪽의 민란으로 짧게 기록되고 말았을 것이다. 전봉준의 의롭고 당당한 죽음으로 동학농민전쟁은 역사적인 위대한 농민 혁명으로 완성될 수 있었다.

척왜를 분명히 하며 일본군에 저항했다 하여 일본은 전봉준에게 반역자라는 누명을 씌웠다. 그리하여 그들이 이 땅을 지배하는 동안 전봉준에 관계되는 모든 서적을 금서로 정하여 일반 백성들의 접근을 막았다. 그들이 물러나고 해방이 되어서야 비로소 그와 관련된 서적을 찾아 읽을 수 있었다.

안타까운 것은, 조선의 지배층에서도 전봉준을 역적으로 몰았다는 것이다. 온갖 특권을 누리는 이들은 평등을 외치며 맞서던 농민군을 도저히 용서할 수 없었던 것이다. 일본의 꼭두각시로 전락했음에도 그들은 자신이 누리던 온갖 특권을 빼앗기지 않으려고 있는 힘을 다했다. 사라져 가는 자신들의 부귀영화, 그 안타까움과 허전함을 메꾸려 살아남은 농민군을 더 탄압했는지 모른다.

전봉준이 처형당한 후 고창의 당촌 마을을 비롯한 전씨 집성촌은 관군에 의해 폐허가 되고 말았다. 간신히 몸을 피해 겨우 살아남은 자들조차도 족보를 은밀한 곳에 숨기며 전씨가 아닌 것처럼 살아야 했다. 아예 성을 바꾸어 산 후손도 있다고 전해지고 있다.

전봉준에 대한 전기와 평전, 연구 논문이 꾸준히 출판되고 전봉준과 동학농민혁명에 대한 드라마가 방영되는 등 그에 대한 평가가 꾸준히 이루어지고 있다. 동학농민혁명은 우리나라 최초의 전국 규모 봉기였다.

　단 한 장의 사진으로 남은 그의 형형한 눈빛은 지금도 정의와 평등을 외치는 각종 모임에서 이 나라 국민들을 지켜보고 있다. 그의 정신은 여전히 살아 숨 쉬며 우리의 정신을 이끌고 있다.

# 전봉준 연보

1855년(1세)  12월 전라북도 고창, 당촌에서 태어남. 어린 시절 이름은 전명숙.

1888년(34세)  동학접주 손화중과 사귐.

1890년(36세)  동학교도 황하일의 소개로 동학에 들어감.

1892년(38세)  11월 삼례집회 참석.

1893년(39세)  3월 보은집회와 금구집회가 열림. 금구 원평 집회에서 전봉준, 동학의 새 지도자로 인정받음.

6월 아버지 전창혁, 고문 후유증으로 사망.

11월 고부 봉기를 위한 사발통문을 작성.

1894년(40세)  1월 고부 관아를 습격함(고부봉기). 말목 장터와 백산에 모임.

3월 무장에서 농민군을 일으키고 포고문을 발표함. 백산에 호남창의대장소 설치.

4월 황토재에서 감영군과 싸워 크게 이기고 장성 황룡강 전투에서도 이김.

원평에서 왕이 보낸 신하 처단하고 전주성 점령.

5월 전주 화해, 집강소 설치.

6월 전라 감사 김학진과 타협하고 전라도 53개 군현에 집강소 설치.

7월 농민군 남원대회, 전라감사 김학진과 타협, 집강소 활동 본격화.

9월 전봉준, 삼례 집결을 위한 통문 보냄. 최시형, 남·북접 화해 선언.

10월 논산에서 북접의 손병희 부대와 만남.

11월 공주 근방 우금치에서 관군, 일본군과 40여 차례의 치열한 전투 끝에 크게 패함. 태인에서 마지막 전투를 벌였으나 패함. 농민군 해산.

12월 순창 피노리에서 옛 부하 김경천의 밀고로 관군에 잡힘.

1895년(41세) 1월 농민군 지도자들 서울로 압송되어 일본 공사관 감옥에 갇힘.

3월 29일 새벽 2시. 손화중·김덕명·최경선·성두한과 함께 교수형에 당함.

# 소설 전봉준을 전후한 한국사 연표

1805년 안동 김씨의 세도 정치 시작.

1811년 평안도농민전쟁(홍경래의 난).

1860년 최제우, 동학 창시.

1861년 김정호, 대동여지도 간행.

1863년 고종 즉위. 흥선 대원군의 집권 시작.

1865년 경복궁 중건.

1866년 천주교 탄압. 제너럴셔먼호 사건 프랑스와의 전쟁
　　　　(병인양요).

1867년 오페르트의 도굴 사건.

1868년 서원을 47개만 남기고 폐쇄.

1871년 미국과의 전쟁(신미양요). 척화비 건립.

1873년 흥선 대원군 하야. 민씨 척족 집권.

1875년 운요호 사건.

1876년 일본과 강화도 조약 체결.

1881년 일본에 일본시찰단, 청에 영선사 파견.

1882년 조미 수호 통상 조약 체결, 임오군란.

1883년 한성순보 발간. 기기창, 박문국, 전환국 설립.

1884년 우정국 설치. 갑신정변. 한성 조약, 톈진 조약 체결.

1885년 배재 학당 설립. 광혜원(서양식 병원) 설립. 영국,
　　　 거문도 불법 점령.

1886년 육영 공원, 이화 학당 설립.

1889년 함경도, 곡식의 수출 금지(방곡령 선포).

1894년 동학 농민전쟁 일어남. 갑오개혁 추진.

1895년 을미사변. 을미의병. 을미개혁.

1896년 아관파천. 독립신문 발간. 독립 협회 설립.

1897년 대한 제국 성립. 광무개혁 추진.

1898년 만민 공동회 개최. 독립 협회 해체.

1899년 경인선 개통.

1900년 활빈당 활약.

1901년 제주도 농민항쟁.

1902년 전라도 영암· 순천 등지 농민 항쟁.

1904년 한일의정서 맺음. 경부선 준공.

1905년 을사조약 체결.

1907년 헤이그 특사 파견. 고종 황제 퇴위. 군대 해산.

1909년 안중근, 이토 히로부미 사살.

1910년 한·일 병합.

# 참고 문헌

▶ 이이화 지음

『전봉준 혁명의 기록』, 생각정원, 2014

▶ 조광환 지음

『전봉준과 동학농민혁명』, 살림터, 2014

▶ 김양식 지음

『새야 새야 파랑새야』, 서해문집, 2005

▶ 우윤 지음

『1894』, 도서출판 하늘아래, 2003

▶ 김삼웅 지음

『녹두 전봉준 평전』, 시대의 창, 2007

▶ 배경식 지음

『전봉준』, 교원, 2002

▶ 한국역사연구회 지음

『1894년 농민전쟁연구 4』, 역사비평사, 1995